物语与
日本人的
心灵

GENJI MONOGATARI TO NIHONJIN：MURASAKI MANDARA

源氏物语与日本人

紫曼荼罗

［日］河合隼雄 著
河合俊雄 编
王华 译

Simplified Chinese Copyright © 2024 by SDX Joint Publishing Company.
All Rights Reserved.

本作品简体中文版权由生活·读书·新知三联书店所有。
未经许可，不得翻印。

图书在版编目（CIP）数据

源氏物语与日本人：紫曼荼罗 /（日）河合隼雄著，
（日）河合俊雄编；王华译. —北京：生活·读书·新
知三联书店，2024.3
ISBN 978-7-108-07746-2

Ⅰ.①源⋯ Ⅱ.①河⋯ ②河⋯ ③王⋯ Ⅲ.①《源氏
物语》–小说研究 Ⅳ.①I313.074

中国国家版本馆 CIP 数据核字（2023）第 226347 号

特邀编辑	张艳华	
责任编辑	张　龙	
装帧设计	刘　洋	
责任校对	陈　明	
责任印制	李思佳	
出版发行	生活·讀書·新知 三联书店	
	（北京市东城区美术馆东街 22 号 100010）	
网　　址	www.sdxjpc.com	
图　　字	01-2019-4090	
经　　销	新华书店	
印　　刷	河北松源印刷有限公司	
版　　次	2024 年 3 月北京第 1 版	
	2024 年 3 月北京第 1 次印刷	
开　　本	635 毫米 × 965 毫米 1/16 印张 13.75	
字　　数	164 千字	
印　　数	0,001-4,000 册	
定　　价	48.00 元	

（印装查询：01064002715；邮购查询：01084010542）

目 录

前 言 　　　　　　　　　　　　　　　　　　　　1

第一章　人的"讲述"心理　　　　　　　　　　　1
　一　五光十色的光源氏　　　　　　　　　　　　1
　　　"勤杂工"光源氏　　　　　　　　　　　　2
　　　是人还是神　　　　　　　　　　　　　　　5
　　　男性视角与女性视角　　　　　　　　　　　7
　二　"物语"的创作背景　　　　　　　　　　　10
　　　虚构中的真实　　　　　　　　　　　　　　10
　　　引人注目的王朝物语　　　　　　　　　　　12
　　　创作"自己的物语"　　　　　　　　　　　15
　三　从"生存之道"的角度来看　　　　　　　　17
　　　人生在世，为什么需要"物语"　　　　　　17
　　　日本人的苦恼　　　　　　　　　　　　　　20

第二章 "女性物语"的深层　　23

一　母权社会中的男性与女性　　24
　　母女一体感所带来的东西　　24
　　关于"圣娼"　　27
　　"母方兄长"的重要作用　　29
二　当母权向父权转变　　31
　　生活在不把女人当人的社会中的女性　　32
　　"母与子""父与女"的组合　　35
　　独特的平安时代　　37
三　自我危机　　40
　　男性英雄物语的背后　　41
　　浪漫爱情的难度　　43
　　孤独症蔓延　　45
四　活在当下不可或缺的东西　　47
　　生活在"父之女"状态的人　　48
　　父权与母权可否共存　　50
　　各自寻找"自己的物语"之际　　52

第三章　内在分身　　55

一　"内向之人"紫式部　　56
　　思想向内行　　56
　　出仕宫廷的经历　　58
二　"如母者"　　62
　　从桐壶到藤壶　　63
　　慈母大宫　　66
　　戾母弘徽殿女御　　68

三	身为妻子	70
	可悲的骄傲	70
	葵上与六条御息所	72
	末摘花的自我分裂	76
	"贤内"花散里	79
	"父之女"明石君	80
四	"娼妇"的位置	83
	空蝉的处事方式	85
	留在异界的夕颜	89
	源典侍与胧月夜	92

第四章 光的衰芒 97

一	由外在转向内在 光源氏的变化	98
	无畏无惧的男子	99
	情感纠结、内心痛楚的活生生之人	100
	直面"中年危机"	104
二	与"女儿"的关系	107
	掌握在父亲手中的"女儿的幸福"	108
	被惦记的女儿	111
	恋爱之心与自制心	115
	女儿 妻子	120
三	发生"私通"时	123
	私通再现	124
	父与子的纠葛与对立	127
	三角关系的构造	130
	出家的心理	133

四　曼荼罗动力的深化　　　　　　　　　　136
　　　　曼荼罗不只是二维　　　　　　　　　　137
　　　　紫上的轨迹　　　　　　　　　　　　　141
　　　　六条院曼荼罗　　　　　　　　　　　　145
　　　　随风而逝的光源氏　　　　　　　　　　150

第五章　作为独立的"个体"存在　　　　　　　153
　　一　男女关系的新形态　　　　　　　　　　154
　　　　儿子夕雾之恋　　　　　　　　　　　　155
　　　　关于"横笛"　　　　　　　　　　　　158
　　　　苦恼的男性　　　　　　　　　　　　　161
　　二　有"土地精灵"的场所　　　　　　　　165
　　　　圣与俗的交错　　　　　　　　　　　　166
　　　　分裂的男性形象　　　　　　　　　　　170
　　　　是否通过"性的渠道"　　　　　　　　174
　　三　致死的被动性　　　　　　　　　　　　177
　　　　无胜于有之时　　　　　　　　　　　　178
　　　　心有千千结　　　　　　　　　　　　　180
　　　　决意投河　　　　　　　　　　　　　　184
　　四　"死亡与重生"的体验　　　　　　　　187
　　　　通往表达自我意志之路　　　　　　　　188
　　　　重生后的觉悟　　　　　　　　　　　　191

后　记　　　　　　　　　　　　　　　　　　　197
解　说　临床心理学家的《源氏物语》解读　河合俊雄　199
"物语与日本人的心灵"系列刊行寄语　河合俊雄　205

前　言

本人既不是国文学或者国史学方面的研究专家，也说不上知识渊博，为什么要写一本关于《源氏物语》的书呢？其中原委，在此略做说明。

说来令人汗颜，早前我并未读过《源氏物语》。年轻时也曾和别人一样尝试挑战此书——话虽如此，其实读的不过是现代语译本而已——但是还没读到《须磨》卷就放弃了。青年时期的我，憧憬的是浪漫的爱情，对于物语中所描绘的与此大相径庭的男女关系，完全无法理解，说得更直接一点，就是"简直莫名其妙"。对于不断寻花问柳的光源氏，我更是气不打一处来。

当时我想，恐怕此生都不会再读《源氏物语》了。可是，后来出于研究日本人的生活方式的需要，接触王朝物语后，竟然觉得非常有趣，于是开启了我的再读《源氏物语》之旅。

研究《源氏物语》需要很大的决心和充足的时间。1994年春，我从国际日本文化中心辞去官职退休。当时，我回归自由之身后，在普林斯顿大学做了两个月的客座研究员，其间得以埋头研究《源氏物语》，这可说是一段难得的经历。

在那之前，我已经读了不少王朝物语，还出版了一本关于《换换多好物语》的书（《换换多好　男性与女性》新潮社，1991年）。而《源氏物语》不愧为出类拔萃的作品，虽是物语，有些部分却可当作小说来读，令我感叹在那个时代竟会出现这么优秀的文学作品！

话说回来，在阅读的过程中，我越来越感觉到作为小说主人公的光源氏，其人物形象很难把握，甚至令人感到"存在感很稀薄"，这是为什么呢？带着这个疑问，不断地阅读下去，我才发现，《源氏物语》不是光源氏的物语，而是紫式部的物语。

等读到《宇治》十卷，我对自己的判断更加确信。全书读毕，我为这一事实兴奋得难以入眠：一千多年前，竟然有一位如此追求"自我"的女性存在！

我的专业领域是心理治疗，这个工作直接与每一个人如何活出自己的人生轨迹相关。当时对我来说，如何在现代日本社会中活出我们自己，是一个很大的课题。

作为现代人，我们绝不可能无视西方的近代，诞生于西方近代的科学与其衍生出的科技力量之强大，可以瞬间席卷全世界。现代人无论对它喜好，还是厌恶，都受到西方近代的影响。但我不是西方人，我耳濡目染，自然习得了日本式的生活态度。

如果近代西方的思维方式与生活态度是绝对正确的话，那我们必须努力学习。有一段时间，我曾经有过类似的一种想法，但现在我的想法发生了改变。尽管我们有很多地方需要向近代的西方学习，但是，我们更应该去努力超越它。

其实在这一点上，现代的西方社会正在发展、前进。在思考超越近代西方的时候，因为我自己是日本人的缘故，我就会想到，日本物语中所蕴藏的古老智慧，说不定会助我们一臂之力。抱着这样的期待，我开始阅读物语，所幸事如所愿，日本的物语果然给了我期待的答案。当初，我在瑞士发表关于《换换多好物语》的学术演讲时，一位听众说："这真是一本后现代的物语啊！"由此可见，前近代的作品拥有超近代的智慧。

对于具有前述课题意识的我来说，《源氏物语》弥足珍贵。当我们把它作为紫式部这位女性实现自我的物语来读的时候，它将为现代人带来极大的启发。就本物语的整体架构而言，可以把它视为源自女性探究"世界"的结果，着实令人赞叹。

这里我使用了"女性探究世界"的字眼，同样的意思也可表述为"女性角度的世界观"。西方的近代是一个宣扬男性角度世界观的时代，因此，现代的"学问"也是以男性的角度为基础的。当然，女性也可以从男性的角度来看问题。所以无论男性还是女性，大家都在使用这一方式进行学术研究。

《源氏物语》也不例外。暂且撇开《源氏物语》的鉴赏问题，单就一般意义上的"研究"来说，对它的研究一直也是以男性视角进行的。当然，成果堪称斐然。不过，本书则与之相反，是从女性视角出发的对《源氏物语》的"研究"。

对于笔者这个新手的"研究"，或许有些人会不接受。其实哪一种方法都不是绝对的，笔者希望大家能够认可这种方法的作用。男性的视角适于理清结构，而女性的视角适合放眼于整体的印象。

主张超越近代的欧美学者们认为，看世界不能只有男性视角，女性视角同样重要。在本书中我对此会有引用，其中，特别是荣格派的女性心理分析学者关于女性生活态度的著述，在我对《源氏物语》的认识上给予了极大的理论支持。

我的观点已然初具形态，我却仍然有些担心。一是担心我的观点是否过于离经叛道,毫无意义;二是纠结于已经有研究者提出类似的主张,我是否还有必要再去发表这样的观点。

我不是研究《源氏物语》的专家,对本物语的研究文献不够熟悉,现在再开始去了解,从时间上来说是不可能的。当时写关于《换换多好物语》及明惠的《梦记》的书的时候,我花了很长时间去研读相关的研究资料,那是因为涉及的文献少,所以能做到。而《源氏物语》的研究文献,是不可能这样研读穷尽的,关于这一点,相信没有人会持反对意见。

于是,我想到一个省力的办法,就是通过对谈的方式阐述自己的观点,然后听取别人的意见和建议。当然,有关本物语的研究文献,我也稍微浏览了一些,只不过看得比较随意。

访问普林斯顿大学期间,我读到艾琳·嘉顿的英语论文《〈源氏物语〉中的死与救赎》①,文章颇有见地,于是,我找到机会与她进行了对谈["《源氏物语》(Ⅰ)紫式部的女人曼荼罗",收入小学馆出版的《续·谈谈物语 河合隼雄对谈集》]。

回国后,我看到濑户内寂听撰写的《女人源氏物语》②,感到它与我的观点在其深层有相通之处,于是又与濑户内寂听进行了对谈["《源氏物语》(Ⅱ)爱与苦恼尽头的出家物语",同样收入前书]。在和她们的对谈中,我的想法均获得支持。

另外非常感谢的是,应《源氏研究》杂志(第四号 翰林书房)的邀请,我得以与源氏物语研究专家三田村雅子、河添房江、松井健儿一起座谈。③不仅在座谈的时候,在之后的吃饭时间,我也一

---

① Aileen Gatten, "Death and Salvation in Genji Monogatari", *Michigan monograph series in Japan studies, No.11*, Center for Japanese Studies, Univ. Michigan 1993.
② 濑户内寂听,《女人源氏物语》第一至第五卷,集英社文库,1992年。
③ 河合隼雄、三田村雅子、河添房江、松井健儿,《源氏物语 心灵的探讨》,《源氏研究》第四号,翰林书房,1999年。

直向他们阐述我对《源氏物语》的理解。他们鼓励我说：很有价值，写出来吧，先行研究方面我们会帮你。这给了我极大的勇气，使我最终下定决心，提笔写作此书。

于是，我首先发表了作为我的观点框架的"紫曼荼罗试论"（《创造的世界》109号），然后以此内容为基础，与河添房江进行了对谈（《创造的世界》111号），并得到许多宝贵意见。这些经历让我感觉到写作本书的意义，勇气倍增。罗列这些事情，并不是要为我的错误或者知识储备不足找借口。各位专家觉得有问题的地方，敬请不吝赐教，应该订正的地方，我一定会订正。欢迎大家尽情发表评论和意见。

此外，凡是由对谈所产生的见解，我会在书中注明。在此，再次对上述各位表示诚挚的感谢（本书中一概不使用敬称，敬请包涵）。

在普林斯顿大学阅读《源氏物语》的第二年，即1995年5月，我上任国际日本文化研究中心的所长，四年任期结束之后，继续留任两年。作为以"日本文化"研究为主旨的机构负责人，我愿意把本书的出版看作我第一任期内的研究成果之一。

对于一个以深层心理学为专业的人来说，这样的日本研究也算是不错的尝试吧。如果这本书能被大家作为与"日本文化"相关的研究予以接受，从而对生活在现代社会的日本人提供些许帮助，笔者将幸莫大焉。

第一章
人的"讲述"心理

《源氏物语》不是光源氏的物语，而是紫式部这位女性的物语，这是笔者读完《源氏物语》当时的感受。

随着阅读的深入，我发现光源氏这个人物作为"人"的存在感不强，无法在我心中形成一个鲜活的个体形象。当时，我甚至有些着急上火："怎么会这样呢？！"后来忽然醒悟，原来"它是一部紫式部物语啊！"当我读完整部书的时候，光源氏的形象完全隐没，出现在我眼前的是一个坚定的——紫式部的身影。这令我深感震撼。

笔者强烈地感到物语中登场的女性群像不是为了凸显主人公光源氏，而是紫式部这一女性的不同分身。我认为，《源氏物语》就是一位叫作紫式部的女性对她自己的"世界"的描绘。

以上感受构成我最初写作本书的动机。那么接下来，我将详细阐述我是如何解读《源氏物语》的。

一 五光十色的光源氏

光源氏作为男主人公，我竟无法构建起他鲜活的人物形象，这太不寻常了。这就是《源氏物语》最初给我的感受。而当我与其他人交流时发现,既有人认为光源氏是一个"理想男性",也有人义愤填膺地骂他"无耻下流"。

光源氏那耀眼的"光芒"可真是"五光十色"啊!

"勤杂工"光源氏

对于光源氏的形象,很难用固有的方式去理解,读者对他的感受也因此呈现出多样化。我与濑户内寂听进行对谈时,她告诉我,谷崎润一郎很讨厌光源氏,认为"光源氏谎话连篇,玩弄女性,无耻下流"。圆地文子则与他相反,特别喜欢光源氏,认为"如果男人头顶无冠[①],就没有魅力"。这两位作家均倾尽心力将《源氏物语》译成现代日语,却对光源氏有着截然相反的爱恨表达,十分耐人寻味。

提到对光源氏的印象,他们的看法也是相反的。我记得美国日本文学研究者艾琳·嘉顿曾在与我对谈时说:"作者尤其对十七八岁时的少年光源氏不吝赞美,经常说'此人高雅之士也',可我觉得他与'高雅之士'根本不沾边。"由此可见,光源氏既高雅又不高雅。

物语中所描述的光源氏的确很"高雅",他的容貌、地位、爱好与财富都是出类拔萃的,物语中随处可见对其书、画、音乐等技巧之高超及学识之广博的描述。由此来说,他称得上是一位"理想的男性"。

为什么又说他"不高雅"呢?这主要与他跟女性的关系有关。

[①] 此句中的"冠"是双关语,既指象征身份地位的"冠",也指象征雄性动物魅力的"冠"。——译者注

正如谷崎润一郎所言，他"谎话连篇，玩弄女性"。笔者想起自己年轻的时候，也曾被所谓《源氏物语》描绘了"浪漫的爱情"之类的广告语所吸引，开始阅读《源氏物语》，可是很快便厌倦了。

第一次读到《帚木》卷、《空蝉》卷的时候，我就想：光源氏对女性的态度哪一点称得上浪漫呢？爱上有夫之妇也就罢了，可他不仅没有像西方浪漫小说里所描绘的那样，将自己永恒的爱情倾注在同一个女性身上，而且在空蝉躲藏起来之后，明知轩端荻不是他要找的人，仍然与她发生了关系。

不仅如此，他与空蝉的弟弟小君之间似乎还有同性恋的关系。本以为他对躲避他的空蝉充满无限思念之情，没想到他转眼就把心思转移到"夕颜"身上。对于当时年纪尚轻的笔者来说，这实在荒唐至极，令人不忍卒读，光源氏毫无光芒可言。

源氏对玉鬘的态度也令许多人不齿。上文提及的艾琳·嘉顿在对谈中说："读来感觉就像一个四十多岁的男人想抓住一个可怜的二十岁女孩，光源氏在这里的表现，尤其不受西方读者的待见。"

的确，即便是喜欢《源氏物语》的美国人，其中也有很多人不喜欢光源氏。不过，他们都很喜欢紫上。据嘉顿说，海伦·麦卡洛只翻译了《源氏物语》中有关紫上的部分。

我们可否斥责光源氏是个"极不诚实"的男人呢？比如他在《蓬生》卷中的如下表现是否符合这个评价呢？当他发现在他谪居须磨期间，留在京城的末摘花一直住在荒废的院子里，他立刻送去问候的和歌，并给她提供大量帮助。两年后，他又把她接到二条东院居住，保持着与她的婚姻关系。花散里、明石君最后也都被他接入六条院，终生保持着婚姻关系。这些表现足可谓之诚实。

当然，如果有人说：一个男人跟这么多女人发生关系简直不成体统！那么就没有什么好讨论的了。相反，也可能会有人辩解说，当时是一夫多妻制，这有什么好大惊小怪的！不管是哪种态度，都无助于我们对物语的理解。

笔者在阅读《源氏物语》的过程中感觉到，光源氏身边的各位女性其实都是作者紫式部的分身。当紫式部回顾自己的人生经历，凝视自己内心世界的时候，发现了住在自己内在世界、各具特色且富于变化的女性群像。她们有的诚实坚忍；有的妖媚好色，尽管一把年纪仍然喜欢打情骂俏；有的嫉妒之火熊熊燃烧，哪怕死去之后，妒火亦不熄灭。她想："这个人、这些人，她们全都是我。"

当紫式部试图将这个丰富多样的"世界"描绘出来的时候，她需要一个男性。因为只有把内心的这些女性放在与这个男性的关系之中，她才能把她们鲜活地展现出来。尽管紫式部内心的女性数不胜数，但是她们都属于紫式部一个人。从这一点来说，她必须使她们在某种意义上形成一个整体。因此，与这些女性交往的任务只能由同一位男性来承担，他就是光源氏。

在描绘自己内在世界的时候，紫式部认为与其把她自己放在中心位置，不如以光源氏为中心才能够描绘得更加充分。

以上是笔者的推论，据此可以解释为什么光源氏的形象不符合我们对现实世界里男性的一般印象。实际上，他就像个"勤杂工"。面对夕颜、胧月夜以及其他充满魅力的各位女性，他每一次登场都担负着做出最恰当反应的任务。然而，尽管他在各个不同的场合都圆满地完成了自己的工作，我们却无法将他视为自始至终具有一以贯之的人格的人。

说得直接一点，正如濑户内寂听在对谈中所言，"虽然书名叫《源氏物语》，但是光源氏自身并没多少存在感，读来读去也形不成对光源氏的具体印象。（中略）说到底，光源氏不过是个剧情解说员"。

但是在反复阅读本物语的过程中，我发现事实也并非完全如此。我们常说作品中的人物会摆脱作者的意图自由行动，光源氏有时也做出类似举动。光源氏会脱离紫式部的意志甚或做出与她的意志相反的行动，任意而为。这样的情况下，与其说本作品是"物语"，不如说它更接近于"小说"。我认为这一点值得引起注意。

关于这个问题我们后面再做详述，总之，我认为鉴于以上分析，光源氏的"光"呈现的乃是五彩斑斓的绚丽光芒，它拒绝只有单一色调。或许，这正是《源氏物语》充满魅力的原因之一。

是人还是神

讨厌光源氏的读者，通常是把他看作一个普通人，站在现代伦理观的角度来审视他，甚至还有人把他比作"Don Juan"。笔者对此不敢苟同。

Don Juan是诞生于基督教文化圈的antihero（反英雄）。基督教文化推崇唯一的神，崇尚一夫一妻制，认为恋爱只能发生在一个男性与一个女性之间。然而Don Juan却甜言蜜语哄骗了多名不同的女性，他是"恶"的体现，也得到了应有的报应。可是光源氏既不是"反英雄"，也不是西方故事中所谓的英雄，他是一个非同寻常的存在。

假如在西方文化中寻找与光源氏相对应的人物形象的话，反而宙斯比较相配。当然，宙斯是希腊神话里的神，不属于基督教的故事。不过，众所周知，欧洲文化来源于犹太文化与希腊文化的融合。因此，下面我们要做的关于宙斯与光源氏的比较研究，对于生活在西方文明影响之下的现代日本人，应该会有所裨益。

根据《希腊·罗马神话辞典》[①]的解释，宙斯的名字本意是

---

① 高津春繁，《希腊·罗马神话辞典》，岩波书店，1972年。

"天""昼""光",其中的"光"与光源氏的名字形成呼应。宙斯与众多女神及人类女性发生关系,人数之多数不胜数,他的孩子们也因此各具特色,其中大概隐含着万物源于宙斯的理念。宙斯的正妻名叫赫拉,她很为自己正妻的身份感到骄傲,但有时也会因为宙斯与太多女性发生关系而嫉妒得发狂。

有关宙斯及其情人、孩子因为赫拉的嫉妒而备受折磨的故事不胜枚举。背着妒火中烧的正妻,与女友暗度陈仓,对妻子的追问不胜其烦,这样的宙斯简直就是光源氏物语的神话版。

比如宙斯有个情人叫伊娥,他害怕赫拉生气,就把伊娥变成了一头年轻的母牛,却立刻被赫拉识破。赫拉把母牛要来,命令长着一百只眼睛的怪物阿尔戈斯看守它。宙斯不会因此轻易投降,他命令赫耳墨斯打败阿尔戈斯,赫拉又送来牛虻继续折磨变成母牛的伊娥。

最后,伊娥游走世界各地,到过欧洲、亚洲,最终在埃及恢复人形,与宙斯喜结姻缘。赫拉对她的孩子们也不放过,详情略去不谈。总之,宙斯与赫拉之间虚虚实实的争斗,堪称惊心动魄。

这个例子不过是众多事件中的一个,赫拉嫉妒心极重,而宙斯顶着赫拉的压力,不断接近其他女性的精神也令人叹服。话说回来,读了希腊神话,会有人觉得宙斯"玩弄女性"而讨厌他吗?估计概率不大,绝大部分人都会把它视为神的事情予以认同。

名字带"光"的光源氏与宙斯有着相似之处,因为宙斯是世间万物产生的根源,所以他必须承载与众多女性发生关系且诞生子嗣的功能。光源氏也同样如此,他担负着使存在于紫式部内在世界的诸多女性扎根的使命而登场。换言之,宙斯是超越此世日常世界的存在,光源氏也超越了现实世界的层面。他不是简单地参与紫式部的日常生活,而是住在她深层世界里的人。

关于光源氏在书、画、和歌、音乐等方面的天赋，物语的描绘超乎常人的想象，还有光源氏最后荣登准太上皇至尊之位的情节设定，都是作者的巧妙安排，就是为了清楚地告诉我们：光源氏不是一个普通人。

或许会有人提出疑问：那他为什么没有成为天皇呢？成为天皇意味着站上世俗世界的顶点，这样的人物未免日常性太强，流于世俗。因此，作者才一方面赋予光源氏与天子同等的地位，另一方面又让他与日常世俗世界保持着一定的距离。

尽管如此，如前所述，光源氏有时也会自作主张，做出与普通人极其相似的举动。这一点很有意思，我将在后文予以详论。总之，我认为以现代人的感觉，将光源氏放在日常的层面上加以审视，毫无意义。

男性视角与女性视角

我认为光源氏既不是一般意义上的"主人公"，也不是个简单的"勤杂工"。从物语的整体来看，它要表达的不是光源氏是否为物语的主人公，而是紫式部这一女性的自我彰显。以下就笔者得出本结论的解读视角与方法予以阐述。

在心理治疗工作中，人们的主观活动一定会受到重视。比如说，有人对自己的母亲充满厌恨，这时候，无论怎么对他客观地强调"你的母亲很优秀""她，人非常好"等等，通常都毫无用处。

在对其厌恨母亲的行为进行对错、好坏之类的评判之前，我们首先应该尊重并接纳他的主观世界，只有这样，才能走上解决问题之路。但这并不意味着我们同意他的看法，如果同意了他的看法，那么咨询者与被咨询者将会双双身陷迷宫，无法脱身。而当我们意会其事情的端倪，以不偏不倚的态度，保持敏锐的平衡感时，此前隐藏的现象便会自然呈现。

将研究对象作为与研究者无关的客观存在，分解为一个个单一要素，并通过辨析各要素之间的关系来把握其整体构成，这是目前学术界常用的研究方法。近代的自然科学成功地使用这种方法，取得了一些伟大的成就。

因为其成效如此显著，以至于社会科学与人文科学领域的研究者们也争相效仿，并采用这种方法进行研究。这种方法的确带来一些成果，但其本身也有缺憾。如何正确地把握它，是我们目前所面临的难题。

要解决这个问题，上述心理治疗中的工作方法具有非常重要的借鉴意义。也就是说，不把对方视为客观对象，而是重视研究者与研究对象两者之间的主观关系；不做要素分解，而是直接把一个整体作为整体来看待。

西格蒙德·弗洛伊德曾经把这种态度称为"平等分布的注意力"，即不把注意力特别聚焦于某一点，而是平等投向所有事物。它乍看上去似乎有些模糊不清，实际并非如此。

笔者在前言中已经说过，我把对研究对象的两种不同态度分别命名为"男性视角"与"女性视角"来加以区别。或许仍然有人对此抱持异议，以下对此稍做说明。

此处之所以要区分男女视角，是因为从古至今，一般认为男性看问题尤以分析性与客观性见长，而女性则注重整体性与主观性。特别是在近代的欧洲，这种倾向基于男性优先的社会原则，被赋予了强大的力量。活跃的社会场所几乎全被男性占领，思考方式与价值观也以男性为主导。在这种情况下，女性要取得入场券，运用男性视角就成为必要条件。

现代欧美女性尝试采用男性视角，竟意外地发现这条路走得通。无论男性还是女性，都同样可以使用男性视角，女性解放的主张也是在男性视角的基础上展开的。

因此，使用男性视角看待事物的倾向被不断地普及和强化。不过，最近出现了一种新的声音，它主张以女性视角看待世界与男性视角具有同等意义。而且还认为，从传统而言，女性在使用女性视角解决问题方面比男性更具有优势。可以说，它是人们为超越近代所做的努力之一。

总而言之，看待事物的方式可以区分为男性视角与女性视角，近代以男性视角为主导，认为它是男性特有的东西，但实际上，无论男女均可采用此种方式。

其次，男性视角与女性视角在解决问题时同等重要，我们有必要重新审视女性视角的当代意义。在女性视角的使用方面，尽管女性具有一定优势，但男性当然也可以做到。另外，就研究这一领域来说，目前男性视角占据明显优势，今后我们应该多尝试采用女性视角进行研究。

以上两种方式既然男女均可使用，那么，命名时不用男女这样的称呼，而称它们为第一机能与第二机能亦无不妥。不过，考虑到人类有男有女，此事实本身所具有的不可思议性与这一问题有某种关联，更易于令人们感受到我们对事物看法的差异，所以笔者决定仍然使用男性视角与女性视角的叫法。

笔者自身虽为男性，本书的论述立场却以女性视角优先。当我从这一角度解读《源氏物语》时，后述其整体性构图便自然浮现出来。

虽说采用的是女性视角，当我把看到的东西写成文章、归纳为一本书的时候，自然也必须要用到男性视角。至于两者在本书中所占的比例，应以女性视角居多。

第一章　人的"讲述"心理

二 "物语"的创作背景

《源氏物语》是女性作者紫式部的作品,据推断其创作年代应为平安中期的11世纪初,这在世界精神史上也实属罕见。诚然,每个民族都拥有自己固有的神话,此类"物语"对人类来说不可或缺。这一点且待在后文详述。不过,相对于这些各民族共通的、以讲述神话的故事为内容、没有特定作者的物语来说,在那么古老的年代,能够产生像《源氏物语》这样由明确的个体作者创作的作品,确实是值得日本在全世界面前骄傲的事情。

那么,它为什么会出现?又是怎么写成的呢?以下是笔者对此问题的一点拙见。

虚构中的真实

每个民族都有自己固有的神话,法国神话学家迪梅齐(Georges Dumézil)说过,"失去神话的民族将丧失生命力"[1],换言之,神话即民族之生命。神话学家卡尔·凯雷尼(Karl Kerényi)认为,神话的意义"在于为万物的存在提供基础(begründen)"[2]。

人类对万物总想追根究源,只有为事物的存在找到根源才能安心。神话为我们描述了日本这个国家是如何产生的,以及为何是今天这样一种状态,日本国民由此了解国家的本源,从而得以安心。"人为什么会死?""为什么我的眼前有座山?"诸如此类的问题无穷无尽。神话的作用就是明确事物的来源,赋予事物存在的基础。

一个人类群体只要能够共享某个神话,全体成员都生活在这

---

[1] 大林太良·吉田敦彦,《如何解读世界神话》,青土社,1998年,吉田敦彦在书中提到他的老师迪梅齐有此语。迪梅齐也译作杜梅齐。
[2] 卡尔·凯雷尼、古斯塔夫·荣格著,杉浦忠夫译,《神话学入门》,晶文社,1975年。

个神话之中，此群体便安然无恙，其成员均可安心生活，无须产生"我为何存在于此？"的根本性疑问。所谓古代，应该就是这样的时代吧。

那么，那些无法共享群体神话的个体该怎么办呢？这正是现代所面临的问题，后文予以详述。一言以蔽之，这些个体必须为自己的存在自行"赋予基础"。

举一个很通俗的例子，在小酒屋喝到酩酊大醉的时候，多数人都热衷于向别人讲述"自己的物语"。有的人讲自己如何英明决断，把公司从危机中拯救出来；有的人讲自己如何仅凭一句话，就让平时趾高气扬的上司对他服服帖帖。实际上，这些"物语"的作用，就是为了赋予我们作为个体存在的基础。

这对于生存来说十分必要。如果一年都不允许他们踏足小酒屋，他们要么会出现某些异常情况，要么会另外找个能够讲述自己"物语"的地方。

将现实区分为外在事实与内在事实的方法虽然简单，但是在分析如上问题时却方便有效。所谓通过自己的英明决断拯救公司渡过危机的故事，如果我们冷静地将其区分为外在现实与内在现实，加以重新审视就会发现，那人所说的"决断"并非他一人所为，而是他所在科室几个人的共同智慧，同时公司上层管理人员中也有人持相同看法。尽管他们的意见被公司采纳并发挥了积极作用的确是事实，却远远没到拯救公司于存亡的程度。

但是，在当事人的内在现实中，他是一个"英雄"。他的内在现实里屹立着一个英雄的身影：面对集体危机，他一人独力抗击，并大败敌方，拯救了所有人。他需要通过"讲述"将外在现实与内在现实联系起来，使自己这一个体存在的意义得到巩固。

在这个过程中，如果当事人混淆了他的"物语"与外在事实，可能会导致他与周围人产生摩擦。可是如果仅仅生活在外在现实中，他的人生就会变得百无聊赖，逐渐丧失活力。物语是他解决如何在自我个体的内部，实现连接"外在事实"与"内在事实"的结果，它使得当事人的存在基础更加坚实。

如上所述，物语具有如此重要的意义。我认为，紫式部十分清楚地了解这一点。众所周知，在《萤》卷中，紫式部让源氏面对玉鬘、紫上等人发表了一番对"物语"的高谈阔论，她以这种方式向读者表达了自己对物语的看法，即"物语论"。

《萤》卷中，光源氏看到玉鬘沉迷于物语，对她说道："你们这些女人，不惮烦劳，都是专为受人欺骗而生的。"[①]起初，他将物语与女性联系在一起，严厉批判物语里面的故事很少有真实的，女人们却喜好阅读，甘心受骗。可是后来他的话锋一转，提出一个重要的观点，虚构之中表达了真实。他说道："明知其为无稽之谈，看了却不由你不动心。"光源氏在对这段物语的论说中，还说了这样的话，"像《日本纪》等书，也不过是其中之一部分"，充分表达了紫式部对物语的高度评价。

引人注目的王朝物语

以上我们介绍了紫式部关于物语的卓越见解。想到她在创作物语的时候已然具备如此高深的认识，我不禁更加敬佩她的伟大。紫式部之《源氏物语》的产生不是一个偶然事件，它是当时众多王朝物语的巅峰之作——平安时代是物语文学开花的时代。

当时的欧洲是什么情况呢？在那个时候的欧洲，由个人创作物

---

① 对本书中引用的《源氏物语》原文的翻译，如无特别说明，均根据丰子恺译文，仅在必要处做少许改动。——译者注

语是做梦都不敢想的事。薄伽丘的《十日谈》可以说是欧洲最早的个人创作，但也已经是很久以后的事情——它诞生于14世纪。以此事实两相比较，就可以清楚地看到日本王朝物语的出现，是何等难能可贵！

在《源氏物语》中被称为"物语之祖"（《赛画》卷）的《竹取物语》完成于10世纪初叶，也有人认为是9世纪末。一百年之后，《源氏物语》诞生。值得注意的是，在这两部物语之间还出现了《伊势物语》《平中物语》等歌物语，以及《宇津保物语》《落洼物语》等经典物语作品。

其他文化圈中，由个体作者创作的物语尚未诞生之时，在日本却已如此兴盛，其原因何在？

如前所述，人类需要"物语"。因此，每个文化中都有"神话"，而在较小的地域中还存在着各种各样的"传说"。当这些故事演变为与特定地点和特定人物无关的、不含任何特指的故事的时候，就成为"民间故事"。生活在古代的人们拥有许许多多这样的故事。对于这些故事，比起现在我们把它们称为"物语"所伴随的虚构感受，当时的他们，更大程度上是把物语作为现实来接受的。

我们的邻国中国一方面主张"不语怪力乱神"，提倡不讲"物语"，另一方面却把它们吸收于"历史"之中。中国为了强调其真实性而称之为"历史"，但我们今天看来，其中实则蕴含着很多"物语"性。不过，当它披上正史的外衣，这些"物语"就更加广泛地为人们所共享，而个体性创作也更加难以破茧而出，最多只能以"外史"的形式表现出来。

基督教文化圈的"物语"出现在《圣经》中。基督教对正统与异端的态度非常严厉，它的"物语"全部体现在《圣经》里，倘若有人胆敢创作"物语"，一定会被认为是对神的亵渎。每个人都应该生活在"神"所赋予的"物语"中，由某个"人"来创作物语，是不可想象的事情。

因此，薄伽丘的一个重要价值就在于，他代表着个体从神的长期统治下解脱出来，获得创作物语的权利，而人们也终于有权享受这些物语。同时，我们也可以理解《十日谈》的内容为什么带有强烈的反基督教意味。

开始创作物语是西方文化对抗唯一神长期制约的一种方式，从此以后，西方文化逐渐从以神为中心转向以人为中心，像薄伽丘的《十日谈》这样的物语，最终变身为现代小说的形式。

日本的情况与西方不同，首先它不受一神教的制约。平安时代佛教兴盛，《源氏物语》也受到佛教很大影响，但是佛教不会像基督教那样，赋予人们一套标准化的物语。此外，这一时期的日本，自古以来的万物有灵的世界观，仍然发挥着强大的影响。

研究"物语"时不能忘记的另外一点是，某个时代或者某个社会都拥有属于它自己的"普遍性物语"。

以上论述似乎都是些与人的存在根源相关的东西，但究其实，它们也存在于我们的日常生活之中。

例如，当今的日本，相当一部分人共享着一个出人头地的"物语"，即从一流的大学毕业后，就职于一流的企业，从普通公司职员逐步晋升为组长、科长、部长，最后成为公司的重要人物。遵循这个物语生活的人，根本不会有自己创作物语的想法，甚至连阅读别人创作的物语、小说的欲望也没有。

如此想来，日本的平安时代应该是充分具备创作"物语"的环境。也就是说，这个环境可以促成一些不愿依赖他人创作的物语，而希望创作自己的物语的人才出现。它与"女性"有着密切的关系。

创作"自己的物语"

平安时代贵族们的普遍性"物语"是什么呢?当时,起决定作用的因素是身份。即便同为贵族,因为出生在不同的家庭,他们的结局也会完全不一样。其中,上等贵族们的官位会越来越高,直到右大臣、左大臣、太政大臣。对于上等贵族来说,尽管官位晋升很重要,但他们最大的梦想是:把女儿送入宫中,然后女儿生下天皇的孩子(大多数情况下,指的是儿子),最后这皇子登上天皇的宝座。

当时,真正掌握实权的是天皇的外祖父。天皇的母亲是国母,其外祖父作为国母的父亲,是最有权势的人。

贵族男性竭尽全力生活在这样一连串的漫长"物语"之中:想方设法培养出优秀的女儿,奉献于天皇御前,女儿生下皇子,进而皇子继位,自己最终成为天皇的外祖父。

女性也生活在同样的"物语"中:如何才能进宫侍奉,得到天皇的宠爱,生下皇子,继而皇子被立为太子,等待将来成为天皇。不过,女性是被动行事,遵从父母的安排而结婚。不过,在决定入宫之后,想必她们也是主动配合父母,努力沿着这条道路走下去的。

然而,像紫式部这样的女性,由于身份所限,从一开始就被剥夺了生活在上述"物语"中的可能。另外,如前文所述,"物语"创作不受神的制约,比较自由。而且,作为一位经济方面比较稳定、侍奉于中宫①身边的女性,紫式部处在一个可以充分发挥自己的才能,或者说被期望如此的位置上。

后宫之中,面对唯一的天皇,妃子与女御②们绞尽脑汁,竞相

---

① 中宫,即皇后。——译者注
② 女御,地位仅次于中宫(皇后)。——译者注

创造一个充满魅力的世界。所以，紫式部、清少纳言等人作为不同后妃身边的女官，背负着最大限度地发挥其个人才能的期望。

如果一个人拥有相当坚实的"个人"立场，又没有被课以必须遵循的生活"物语"，那么他/她势必会去创作"自己的物语"。当然，此人必须具备一定的文学才能，能够使别人愿意阅读他/她的个人物语。

而将这种状况推动到一个新高度的因素，则是日本"假名"文字的发明，它对"物语"创作发挥了极为重要的作用。

欧洲曾在很长一段时间内，使用拉丁语来书写《圣经》和官方文件。像这种用于维持社会秩序的必要语言，人们通常将它与日常用语区分开来，并赋予它更"高等"的地位。

当时的日本与此相同，不仅是官方文书均采用汉文的形式，即便是文学创作领域，人们也都认为写作汉诗才是"男性"该有的修养。物语与汉文、汉诗性质不同，它存在于秩序井然的官方社会的背景。因此，如果物语的力量变强，有可能会对官方秩序造成威胁。

在前文我已经提到过基督教文化圈的有关状况，我还听说，那些如今从俄罗斯独立出来的国家，在苏联统治较为严厉的时期，对于传说、小说之类的管控相当严格。

题归正传，与官方文书所使用的汉文相比，使用"假名"可以把日常用语原封不动地记录下来，完善的"假名"对于"物语"创作来说是绝配。政府部门使用汉文记录公家事宜，与此相对，物语则只有使用假名才能表达出来。

当然，用汉文应该也能创作物语，看看中国的情形就可以了解这一点。但是，对于当时的日本人来说，假名的发明的确促进了物语的创作。"假名"是相对于"真名"（即汉字）的叫法，这个名称堪称绝妙，正如其字面所示，"假名"十分适合描述虚构的内容。

上述各种因素机缘巧合同时出现，使得物语在平安时代如雨后春笋般出现。当男人们在既定的体制中，无意识地生活在自己官位晋升的"物语"里的时候，在体制之外，一批个人物语正要破土而出，而其执笔者非紫式部这样的女性莫属。由此，我曾经推断，《源氏物语》之外的那些作者不详的物语，大多应该也是出自女性之手。

但是，这个推论并不一定完全成立，因为如果在体制之外，有具备用女性视角观察世界的才能的男性，照理他也可以创作出同样的物语作品。不管怎么说，我们能清楚地知道，《源氏物语》的创作者是女性作者紫式部（尽管学术界也有不同意见）这一点，还是非常令人欣慰的。

三 从"生存之道"的角度来看

《源氏物语》作为一部伟大的作品，可以从各种不同的角度加以解读和研究。如前所述，笔者采用的分析角度则是"现代社会的生存之道"。前文的论述触及一些零散的内容，本节将对此做较为完整的阐述。

人生在世，为什么需要"物语"

首先，我想谈谈物语在现代的重要性。我们已经知道，每个民族都有自己的神话，人们经由这些神话，感受到自己扎根于各自的世界，但神话并不能用来"解释"所有的现象。一方面日常生活中经常会发生一些难以理解的事情，另一方面人类具有努力"了解"这些事件，并尽最大可能建立一种统一的世界观的倾向。而在这一点上，神话并不能总是提供有效的帮助。

诞生于近代欧洲的"近代科学"却在解决上述问题方面，发挥了出类拔萃的作用，效果有目共睹。近代科学与技术相结合，成为一种十分方便、有效的工具，生活在发达国家的人们对此都深有体会。但是，近代科学把现象与人完全割裂开来，认为现象作为研究对象，可以对其进行单一性的定义。这正是近代科学建立的基础。因此，当我们探究对象与我们自身的关系，或者研究具有多种含义的对象时，近代科学的方法并不适用。

关于这一点，我曾有过详细论述[①]，在此恕不赘言。以下仅举几个简单的事例，聊做介绍。

譬如，最亲爱的恋人在自己眼前遭遇车祸，不幸身亡。此时，悲痛的当事者一定会产生疑问："为什么死的偏偏是他？"针对这个问题，自然科学能够给出明确的答案，比如"因为出血过量"之类。但是，发问的人想要的并不是这种普遍性的答案，而是作为一个与逝者有着亲密关系的人，能够接受如此残酷事实的说法。这种时候，物语的必要性就体现出来了。

这样的物语，如前文所述，就是当事者与其所属的集体所共有的信仰。当事者通过听到自己的前世物语，于是把此次事件归结为"这都是前世因缘"，而最终接受现实。

某种意义上来说，从前的人们大多在生活中有此类物语得以共享。即便是现在，也仍然有一定数量的人继续生活在此类物语的共享之中。但是，如今已经无法共享这些物语的人也不在少数。

且不论涉及类似死亡这样的根本性问题的事件，即使在日常生活中，我们也同样面临一些难题。那些生活在我们前文提到的"一

---

① 拙著《物语与人的科学》，岩波书店，1993年（《心灵最终讲义》，新潮文库，2013年）。

流大学→一流企业→高级管理层/社长"的普遍性物语中的人，大概不太会有困惑或者痛苦的感觉。可是，那些生活在这个圈子以外的人会是怎样的情形呢？或者从另一个角度来看，当这个普遍性物语里的人做到很高的职位，感觉自己的物语终于"大功告成"而窃喜之际，却迎来了退休生活。当未来还有近二十年的时光要度过，而其本人觉得自己年事已高，什么也干不了的时候，他们又该依靠怎样的"物语"继续生活呢？

人们认为凭借科学技术的力量，人类的可能性可以无限扩大。然而，当我们进入耄耋之年，身体的各项机能衰退，唯有死亡确定无误的时候，科学技术能给我们什么帮助呢？恐怕只有"无术可施"这句冷冰冰的话了吧？在这种时候，那些拥有如何处理自我与世界之关系的物语的人，与没有这种物语的人相比，他们的人生会有极大的不同。

意识形态是对物语进行理性武装之后的结果，以前有些人很单纯，相信意识形态可以说明一切（他们也不是相信，而是以为意识形态是正确的）。这些人在某种意义上可以说是幸福的，不过他们的幸福却是建立在他人的不幸之上，而对这一点，他们要么毫无察觉，要么假装没有发现。

当今时代，被强迫接受的物语与意识形态已经很难大行其道了，这是人们为追求个人自由而不懈努力的结果。人们可以自由地创造属于自己的物语，这是一件十分难得，又意义重大的事情。

五十多年前，笔者曾亲身经历日本全体国民被迫接受统一的物语的时代。对于像笔者这样有过同等经历的人来说，我们深刻地认识到拥有创造个人物语的自由是何等宝贵，也明确地感受到当今时代前所未有的精彩。然而这一切，却是以因失去可以简单依存的物语而产生的不安为代价获得的。

那些不想创造自我个人物语的人，努力去找寻一个可以依存的物语，却发现很难找到。有的人姑且按照日常普遍接受的物语去生活，到头来却依然受困于内心深处的不安。

日本人的苦恼

探讨现代日本人的意识，是一个非常困难的话题。平时临床工作中遇到的状况，更是让我对此深有体会。普遍来说，人们一般认为日本人已经相当欧美化，甚至很多日本人认为自己的思想意识与欧美人没有什么差别，但心理治疗是倾听每一个在苦恼中挣扎的人各自不同的心声，实在不能简单地下一个结论。

前沿科学家信仰令人意想不到的"迷信"，宗教家是个彻头彻尾的俗人，这样的事情没什么好惊讶的。整体而言，日本人的思想意识在其表层，可以说已经欧美化，但是，稍微深挖一下就会发现，其深层依然保留着日本自古以来非常传统的东西。

此处所谓"表层"，指的是人们自身在通常状态下，于生活中所意识到的东西。不过，人们其实经常在自我意识不到的状态下行动，而且在特殊场合下发挥作用的意识与通常情况下的意识完全不同，我们认为这样的意识是深层意识。

比如，日本人在意识层面上认为自己生活在民主社会中，这一点与美国人没什么不同。但依美国人看来，它却是与他们的民主概念存在本质差异的"日本式的民主主义"。也就是说，虽然日本人认为自己与美国人相同，但是由于作为其动因的深层意识的机能不同，从而呈现出的样态不同。

日本人借明治维新之机，大力吸收西方的思维方式，进而自我膨胀，发动第二次世界大战，最后以战败收场。因此，政府决定向欧美，尤其是向美国学习，进行思想意识的改革。日本自以为学到了美国的民主主义与合理主义，但是事情并没有这么简单。

日本人受欧美的影响，也渐渐地变得个人主义化。个人的确很重要，但是对于个人主义来说，思考如何与他人建立连接是一个非常重要的课题。如果对此置之不理，就会变成纯粹的利己主义。个人主义原本诞生于基督教文化圈，基督教严格的伦理观对个人主义滑向利己主义起到了制约作用。

日本的传统思想中，"家族""社会"非常重要，个人为其次。战后，"家族"被试图强行消灭，但是日本人很快便找到"公司"来作为它的替代品，而且采用了一种让人感觉整个国家就是一个"家族"的生活方式。在它们发挥积极作用的那段时间，日本进入经济高速增长期。可是，如今的日本在长期的经济停滞中，经受了"第二次战败"的体验，丧失了自信。在这种情况下，日本受到以"全球化"为名的"美国化"浪潮的强烈冲击，深陷不知如何应对的苦恼之中。

日本人若要追随欧美式的个人主义，没有基督教的保驾护航而轻易实施的话，就会变成纯粹的利己主义。其弊端已有诸多呈现，而在发源地欧美，这一倾向也已经出现端倪。

近代科学的力量削弱了对基督教的信仰。在美国，这种没有基督教信仰的个人主义病理，正以极端的形式表现出来。青少年犯罪、吸毒等问题，其严重程度与日本不可同日而语。由这些现象来看，日本人再去模仿欧美，以其为榜样而努力，毫无意义。

我认为，如何界定个人主义的"个人"是全世界的课题。个人主义认为发挥个人的能力，满足个人的欲望最重要，那么，我认为至少有两点必须作为其前提来考虑：一是如何定位自己与他人的关系，二是如何理解自己的死亡。

基督教用邻居之间的爱、对于复活的信仰等解决了这些问题。

那么，如果没有基督教信仰，对个人主义应该如何考量？

有人认为基督教不可信，只有近代科学才值得信赖。如前所述，当我们遇到"与他人的关系"或者"自己的死亡"这类问题的时候，近代科学显然无法提供答案。回答这些问题，只能通过"物语"。

如若采用个人主义，那么每个个人都有责任去创造自己的物语。话虽如此，因为每个人都是人，或者都从属于某种文化或社会，所以，人与人之间总会有一些共通的地方。况且，我们还有那些艺术天才、宗教天才遗留下来的物语。因此，尽管每个人都生活在自己的物语中，也难免会对过去的某个物语有亲近感，甚至发现那个物语竟然与自己的物语几乎相同。

就此而言，从上述角度来研究古代的物语，对于生活在现代的人具有重大意义，因为古代有时蕴含着超越近代的智慧。在此意义上，《源氏物语》亦堪称含义丰富、充满卓越观点的作品。

第二章
"女性物语"的深层

笔者在第一章中指出了女性视角的重要性,而近代是一个对女性视角评价极低,甚至试图将其排除的时代。所以,复活女性视角,构建复眼式的物语,可以说是现代的一大课题。当我们使用这一视角来研究《源氏物语》的时候,首先必须搞清楚的是,女性在历史上到底生活在怎样的物语之中。

王朝物语对男女关系的描述很多,但是,如果因此便给它贴上"浪漫"抑或"男女爱情"的标签,恐怕会产生相当大的误解。在女性毫无防备时,男性侵入她的住处,两人连对方的长相都看不到,更不用说对对方有多少了解,这种情况下却先发生了肉体关系。此种情形,哪里称得上"浪漫"或"爱情"呢?

譬如《不打自招》①中的后深草院二条,充溢于她的故事之中的只有愤懑与悲戚。如果从女性视角来审视的话,我们会叫它什么?又做何感想?作为现代人,我们在阅读此类物语的过程中,到底能在何种程度上产生共鸣?

---

① 日文书名为《とはずがたり》。——译者注

在解读《源氏物语》的文本之前，我们有必要先了解一些预备知识。

一　母权社会中的男性与女性

关于日本原始时代的家族形态，虽不能断言，但一般推断为母权制。与世界其他地方的农耕民族一样，这大概源于对地母神的信仰，也就是说，将大地孕育植物（食物来源）与母亲孕育孩子的现象相结合，把大地作为伟大的母亲来祭拜。已经出土的绳文时代的土偶中，有大量疑似地母神的土偶。在地母神信仰的支持下，母权制存在了相当长的时间。

在此，笔者认为最好先区分一下母权制、母系制及母性心理这几个概念。它们之间有着微妙的关联。首先，所谓母权制指的是母亲掌握权力，所谓母系制指的是按照母—女体系进行家族传承，而第三个概念"母性心理"则需要进行特别说明。人类的思维方式可以分为父性原理与母性原理，凡是母性原理优先的心理状态，都叫作母性心理。

有关这个问题，我在其他地方多有论述，[①]敬请参照。或者诸位在阅读本书的过程中，也会逐步有所了解。我认为与基督教文化圈相比较，日本虽然从母权制度转变为父权、父系制度，但是直到现在，依然保留着母性心理，这是我们独具特色之处。

母女一体感所带来的东西

完全母权制的时代，母权、母系、母性心理三者结合为一个整

---

① 拙著《母性社会日本的病理》，中央公论社，1976年（讲谈社+a文库，1997年）。

体进行运作,其中不存在我们今天所说的"个人"或"人格"等概念。当然这并不是说每个人之间没有区别,但是不管怎么说,作为集体的种族存续,才是彼时最为重要的。

因此,在母权制时代,伟大的母亲最为重要,母亲等于一切。这一特点在原始时代表现为地母神土偶,在神话时代表现为苏美尔神话中的女神伊南娜(闪语为伊什塔尔)。日本的伊邪那美神孕育了全部国土,从这一点来说,它与苏美尔神话相近。但是,伊邪那美死后,"三贵子"①诞生于她的丈夫伊邪那岐,稍显向父权转变的倾向。

伟大的母亲如同伟大的大地,只要有伟大的母亲在,则一切完满无缺的想法,在我们观察人们实际生活的过程中,会向着母女分离的方向发生转变。只要我们把母亲看作具有生命的人,她就一定会有死亡的那一天。可是在那以后,女儿会成长起来,传承往复。

伟大的母亲既有永恒的一面,也有作为人类,必然遵循母女传承的一面。因此,母亲和女儿既相互独立,又是一体的。当我们强调母女一体的时候,就是摒除了变化。时代虽不断更迭,只要母亲在,则万事无忧,天下太平。

人是不可思议的生物,不喜欢过于安定的状态,总期望发生某种"变化"(近代以来称之为"进步",并给予高度评价)。不打破母女一体感,变化便无从产生。于是,家族制度逐渐发生改变,"文明"始诞生,男性这一存在渐渐地走向台前。他们通过制定各种制度,建立相应的"秩序",来不断破坏母女一体感。

有趣的是,在那些自古以来远离"文明",一直过着安泰生活

---

① 三贵子,指的是日本神话中地位非常高的三位主神,分别是天照大御神、月读命、速须佐之男命。——译者注

的部族中，直到现在，依然保存着母权或者母系的家族制度。最近，我曾到访中国的云南省，那里的母系家族令我印象颇深。

自然的是，日本已走向了父权制，第二次世界大战前，父权制已经牢牢扎根，但在"二战"后被美国打败。于是，自古绵延至今的母性心理多少得到加强，母女结合的状态逐渐显现。

父亲在母女紧密结合的状态下失去立足之地，彷徨不知所终。以前父权性的家族制度下，不允许女性婚后住在娘家，现在自由了，于是出现了一些结婚之后仍然不出娘家门的女性。实际上，在基督教文化圈中，因为父性心理已经确立起来，一般不会发生这样的事情。但即便是欧美，在某种病理性的情况下，也会出乎意料地发生许多令人深切感受到他们对母女一体感的强烈渴求的事件。对于这种寄身于人类存在根源的倾向，身为现代人，也必须要有充分的认识。

当母亲与女儿相互意识到"个体"的存在时，彼此之间可能会出现强烈的对抗。这是因为作为母女关系基础的一体感力量非常强大，所以要主张"个体"，也必须具备相应的对抗力量。所谓独立自主的女性，大多会对母亲怀有否定性情感，也与此有关。

母亲和女儿一方面仰赖于作为基础的一体感，另一方面却不断地在芝麻小事上擦枪走火，互伤和气。然而，根据事情和状况的不同（大多是在针对男性的情况下），她们有时又会立刻表现出铜墙铁壁般的一体性。

平安时代在一定程度上受中国的影响，建立了父权制的家族制度。因此，王朝物语中很少有描述母女紧密联合的故事，这是它的特点之一。当然我们也可以说，因为母女紧密联合的世界属于文学以前的状态，所以没有描写的必要。

关于"圣娟"

母女必须分离,于是,男性作为母女紧密联合的破坏者粉墨登场。希腊神话里的得墨忒耳与罗马神话的刻瑞斯的故事颇具典型性,此故事韵味无穷,以下略做简述。

大地母神得墨忒耳的女儿珀尔塞福涅在原野上采摘鲜花时,冥王哈得斯忽然从地下现身,掳走了她。女儿的突然失踪令得墨忒耳伤心欲绝,于是大地一片荒芜,人们深受其苦。宙斯见状,命令哈得斯把珀尔塞福涅还给她的母亲。但是,珀尔塞福涅不知哈得斯所施的是一个计谋,吃了四颗哈得斯给她的石榴籽儿,因此被迫滞留冥府。

吃了冥界食物的人不能重返地上世界乃是定规,珀尔塞福涅对此不知所措。经过宙斯调解,最后决定在一年之中,珀尔塞福涅与哈得斯一起生活四个月,其他八个月与母亲一起生活。于是,珀尔塞福涅在冥府的四个月就是冬天,当她回到地上世界,春天就会来临,此后的八个月,万物复苏,欣欣向荣。这是一个与春天祭典相关的神话。

故事中出现了破坏母女紧密联合的男子哈得斯,以及负责调解此事的宙斯的名字,就说明此故事的年代已经从母权向父权的转变。而在此之前的母权优先的时代,有一种作为少女成为母亲的仪式,也叫圣娟制度(图1)。在这个仪式里,男性不是作为个体,而是作为无名之"男性"登场的。

探讨"圣娟"之前先要讲讲"圣婚"。在属于母权社会的苏美尔文明中,人与大女神伊南娜的一体化是极为重要的仪式,它源

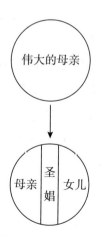

图1 母权时代的女性

第二章 "女性物语"的深层

自人们对大女神伊南娜与她的丈夫杜姆兹的婚姻——圣婚——的崇拜。

其间详情此处从略，简而言之，其核心就是女性为了与伊南娜同一化，接受从女神身上流淌而出的女性之灵的力量，而承担着女神神殿中的巫女亦即圣娼的功能。她们把自己作为女神的化身，委身于身份不明的来访男性。

其中非常重要的一点是，在这种文化里面，灵与性密不可分。作为圣娼的女性，体会到自己身体中的美与热情，享受灵与性共存的欢喜。彼时，男性必须是完全陌生的过路人，男女之间的关系被作为一种超越个人情感的神秘结合加以体验。

奎尔斯–科比特[1]论述了圣娼的意象对于现代人的重要性，关于圣娼的非个人性，她写道：

> 她不是为了得到来访男性的称赞或者身体而实施爱的行为，因为圣娼通常都会戴着面纱，名字也不为人所知。她对男性的需求，不是为了要得到她自己作为个体的感受，倒不如说，这一行为是植根于她自身即等于女性这一理念。[2]

因此，圣娼与神殿圣域外的卖淫行为被加以明确区分。严禁圣娼开酒馆，如有违反，即处死刑。这一举措应当是为了严格防止混淆圣娼与普通卖淫行为。

如果把圣娼体验作为少女成为母亲的成人仪式来看就会很容易理解。女性只有通过这一神秘体验，亲身体会到灵与性的一致，才

---

[1] 英文名：Qualls-Corbett。——译者注
[2] 南希·奎尔斯–科比特，《圣娼》，菅野信夫、高石恭子译，日本评论社，1998年。

能真正成人。此过程中，男性只有作为一个非个体性的、无名的存在才具有意义。仪式之后，他不会以丈夫或孩子父亲的名义参与到女性的生活中，女性则在生活中以其自身来体现女神的法则。

可以说，这样的社会是"自然"发展的，它不需要人类所制定的"法律""秩序"等等。时间在母—女的无限循环中流逝，男性作为无名者，除了参与圣娼仪式，没有任何特定的角色和作用。它如同原始森林，林中有树枯死，也有种子发芽，死与再生不断发生。随着时间的变化，森林会发生形态的改变，但森林本身却是永恒存在的。

"母方兄长"的重要作用

在前文我曾提到，我走访过中国云南省的母系社会家庭。她们的房间中央摆着一个祭坛，祭坛的左边是祖母和母亲的座位，右边是祖母的兄长、母亲的兄长的座位，再往右是客人的座位，其前方的空间属于孩子们。它说明男性也开始在这样的母系社会中发挥作用，只不过发挥作用的是母方的兄长。

在前文我们讲过，在纯粹的母权社会里，男性被驱赶到边缘地带，但这通常是在家族无忧、社会安定的时候。如果发生了自然灾害，需要干力气活的时候，或者当家族之间、部族之间发生纷争的时候，就需要借助男性的力量，无法继续"自然"地生活下去。

处理人际纷争以及确立约定等事宜需要男性出面，这就是母方兄长的功能。在母权、母系社会中，母方兄长在家族中具有重要作用，部族中大家族的男性，则在整个部族里有着十分重要的地位。

由上述情形推断，在由母权向父权转变的过程中，应该存在大量兄妹婚、姐弟婚。神话世界里，类似伊邪那岐、伊邪那美之间兄妹婚的故事也比比皆是。

当血缘关系受到特别重视的时候，与没有血缘关系的人结婚意味着会混入某种程度的危险性，即有异己分子混杂进来。于是，人们产生了兄妹婚、姐弟婚的想法。但后来，或许是因为在实践中发现了遗传上的问题，兄妹婚、姐弟婚逐渐成为禁忌。当然，在埃及王朝中，国王依然实行兄妹婚、姐弟婚。

兄妹婚、姐弟婚虽然在现实生活中已经成为禁忌，但在心理方面却依然绵延不衰。即便是现代社会，也有不少人做过兄妹婚、姐弟婚的梦；有些女性结婚之后，比起丈夫，她们在情感上跟自己的兄弟们更加亲近。

《源氏物语》中没有出现兄妹婚、姐弟婚的情节，只是在《总角》一卷中，当匂皇子看到姐姐长公主的美貌，虽然他知道二人是姐弟，没有交欢的痴心妄想，却还是赠送了一首表达迷乱情思的和歌给她。

此前的《宇津保物语》，则有关于绝代美人贵宫的哥哥仲澄对她爱恋不已的描述。后来，贵宫嫁入东宫，仲澄不堪相思之苦，竟然一命归天。此事被作为"不伦之恋"加以描述，可见在当时，兄妹婚、姐弟婚已成禁忌。但是，既然有这样的故事产生，想必在作为其背景的现实社会中，应该也是不乏其例吧？

《常陆国风土记》中所记载的一则故事，可以说是体现了从母系向父系的转变，简述如下：

有一对兄妹，哥哥名叫努贺毗古，妹妹名叫努贺毗咩。有个男人来向妹妹求婚，妹妹受孕生子，不料竟生下一条小蛇。小蛇见风就长，母亲认为他是神的儿子，就对孩子（蛇）说："回到你父亲身边去吧。"孩子说自己一个人去不了，需要有人陪他一起去。母亲说，家里只有自己和孩子的舅父（努贺毗古），他们两人谁都不能陪他去。孩子大怒，杀了舅父，正要飞天而去（他的父亲好像是雷神）时，被母亲扔过来的盆子打中，结果飞天不成，被留在了山峰上。

故事非常有趣。暂且不论其他，我们只将焦点集中在母方兄长与儿子之间的纠葛上。儿子杀害舅父之后想要去找父亲，千钧一发之际，被来自母亲的力量阻止。简而言之，儿子的行为表明，比起母亲的兄长，父亲更加重要。这体现了从母系向父系的转变。

男性在母权社会中逐渐拥有权力，不过，它通常是以母方兄长（有时是弟弟）的形式来表现其威力的。不过，正如《常陆国风土记》所示，权力向父亲方面转移的苗头已经出现，这无疑是一个大变革。

它不仅是家族关系的变化，也是世界观、人生观的变革。按照前文所述用语来表达的话，就是看世界的角度从女性的视角变成了男性的视角。当然，这种激烈的变革不会在短时间内发生，两者的混合状态将会持续一段时期。

二　当母权向父权转变

从母权向父权的转变不是一个简单的事件，如前文所述，即便是当代，也依然还有母权社会的部族存在。

犹太教、基督教文化圈在发生极其激烈的变革后，由其诞生的文明，成为当今世界不容忽视的统治力量。

这个变化过程，一度被称为单纯的"进步"或"进化"，对此，我并不赞同。我认为，强烈的父权性的意识现在带来很大的危害。

以下论述将在这一认知的基础上展开。

生活在不把女人当人的社会中的女性

母权社会运行了很久之后,父权社会出现。男性在各个层面都是女性(母性)占优势的情况下,逐渐彰显出他们的力量。然而,只要以"自然"为基础,母性的优势地位便无法撼动。所以,父权需要与某种意义上具备反自然性质的东西相联合。前述《圣娼》一书中,引用了威廉姆·汤普森的如下论述:

> 父权制定法律,母权建立习惯;父权催生军事力量,母权诞生宗教权威;父权激扬每一位战士的士气,母权提高被集体风习捆绑在一起的凝聚力。

战争是父权社会出现的一大要因,男性在武力方面具有优势。要取得战果,就要制造武器、制定集体纪律等,总之,这都是一些反自然的事情。

宗教与军事相互独立,母权与宗教相联结。如果宗教也变成父权性的,将会出现怎样的局面呢?它将变得极其强大,而且正如《圣经·旧约》中所说,女性由男性的肋骨做成。如此,女性非但没有生育男性,最早的女性还只不过是男性的一部分而已!

从此以后,就像大女神包罗万象一样,母亲是万物根源的思想,以及母女紧密联合、男性处于边缘的模式发生了翻转,转变为以男性为中心,女性的身份只能由她与男性的关系来决定。也就是说,根据她与男性关系的不同,女性被定位为母亲、女儿、妻子、娼妇等。

令人深思的是,犹太教彻底破坏了圣娼制度,父权社会不容许它的存在。在父权社会中,性与灵被完全剥离,精神与肉体也被分离开来。性受到鄙视,被认为毫无价值。不过,圣娼的制度虽然遭到了破坏,卖淫行为却作为社会的阴影继续存在。

母权社会的成员们拥有被母神怀抱在一起的一体感,他们生活在根据习惯所确立的相互关系之中。父权社会则大大拓展开去,"力量"的价值得到凸显,重视由力量强大的人进行整体上的统制。要达到这一目标,既需要制定法律,也需要政治、军事性的职业,于是产生了各种职业的分化。

彼时,几乎所有的职业都由男性担任,并因此形成了男性的不同身份。女性则根据她们与这些男性的不同关系,如图2所示,形成了各自作为男性的母亲、女儿、妻子、娼妇的身份。

这种倾向一直持续到近些年。例如,在20世纪70年代,小学里要求学生写关于自己父母亲的作文,或者画一张父母亲的画。结果发现,孩子们对母亲的描绘有着一些共同的"母亲"形象的元素,相似度很高,缺少变化。父亲则不然,他们的职业各不相同,在家庭中的行为也被描绘得个性鲜明。

我不太清楚最新的信息,故此不敢妄言,不过,我想情况应该已经有相当大的改变,因为想要活出"个性"的女性,一定会对"母性"产生强烈的抵触。

母权社会中,母女联盟居于中心位置,男性处于边缘地带,且

图2 父权社会的男性与女性

不具个体性。与此模式相同，在父权社会中，男性居于中心地位，承担社会与家族的主要功能，女性变成边缘性的、失去个体性的存在。父系家谱中不记载女性的名字就是一个例证。

但是，这种"不把女性当人看"的思维有时反而会把女性抬高到神的位置，女性因此成为崇拜的对象。其典型例子如《竹取物语》中的赫夜姬。

众多贵族甚至天皇都来向赫夜姬求婚，但她一概拒之千里，最后飞回月宫。换言之，她不属于人类世界。作为人类的男性，无论身份多么高贵，都不可能和她谈情说爱。这种身份高贵的女性形象在王朝物语中随处可见。

与此相反，不把女性作为平等的人来对待的另一个极端，就是视女性如尘芥，甚至是魔鬼。或者，因为男性压抑不住自己强烈的性欲，他们便将其归咎于女性，认为是女性对男性进行各种引诱，才使得他们难以自拔。所以，他们把女性推入"娼"的世界，鄙视、唾弃她们。但是同时，男人们又无法抗拒她们的魅力，真是左右为难。

基督教因为有天父存在，极度排斥、贬低"性"。《圣经》记述圣保罗说过："男人不接触女人为上。然为避淫行之故，男人应各自娶妻。"他认为最理想的状态是一生独身。

他没有提到如果所有的男性都达到这一理想状态，人类将会怎样，却说当肉欲如焚，而意志薄弱难以战胜它的时候，"控制不住自己则结婚。与其情欲烧身，莫如结婚。"倘若以圣保罗此言为判断依据，那么，两千年来基督教文化圈被保存下来的，就只有意志薄弱的男性的遗传基因。

"母与子""父与女"的组合

从母权到父权的转变,在制度层面上可能会有某个确定的节点,但当我们把视线投向心理层面,事情却没有这么简单。当我们探讨男性与女性的关系及其地位的时候,加上心理方面的考量,事情会呈现出相当复杂的局面。我在后文还会谈到,犹太教和基督教文化圈因为敬拜唯一的神天父,母权到父权的转变十分明晰,其他文化圈则与此不同。

譬如以日本战前的情况为例,当时的日本,可以说已经是父权社会,但在心理层面,毋庸置疑,母亲的力量依然十分强大。也就是说,因为心理层面仍然是母性优先,所以母亲与儿子的一体感很强。儿子在这种状态下长大后,尽管他在制度上成为一家之长,但在心理上,他却从属于母亲的意志。于是便产生这样的现象:尽管表面上是作为一家之长的男性执掌权力,但实际上掌握权力的却是这位男性的母亲。它不是纯粹的父权,从心理的角度来看,或许更接近于母权。

母女紧密联合具有更加本源性的强大力量,所以在创生一种新"文化"的时候,破除这种母女联合的力量也非常强大。战前的日本,强烈主张"嫁出去的姑娘,不再是自家的孩子",连结婚仪式都办得像葬礼(比如新娘穿的嫁衣为白色),意思是女儿此时此刻在娘家就算是死了,以后她只是别人家的媳妇。

这样一来,制度打破了母女联合的关系,但是母亲与儿子的联合被保存下来,加之背后又受到来自"孝"的道德支持,使得父系、父权尽管在制度上取得胜利,却依然难以摧毁母亲的力量。

可以说,这种倾向完整地保留在当代日本家庭之中。母亲与儿子之间因为潜存着"异性"吸引,导致母子联合的样态十分复杂。

《源氏物语》里光源氏对藤壶的爱慕之情便含有上述倾向,所以他们之间的关系根深蒂固。光源氏对已逝母亲的思念日积月累，最终表现为他对藤壶无法斩断的强烈爱恋。

父亲与女儿的关系也在父权与母权之间来回摇摆。在彻底的父权社会中，女儿必须离开父亲，到别的男性家里生活。但是，父女之间和母子之间一样，存在血缘关系的同时还潜存着异性吸引，从而使得这种关系同样牢不可破。尤其是当父亲在自己的横向关系，即夫妻关系中不能获得满足的时候，父女的关系就会增强，父亲会有意识或无意识地阻止女儿与其他男性交往。

父权性的价值观较强的地方，父女的紧密联合可以表现为父亲希望女儿变成儿子，而女儿也希望自己像儿子一样生活。女儿虽然能够因此在父权社会中取得"成功"，但是她们要么不得不以情感发育不成熟为代价；要么就会像希腊神话里的雅典娜和阿耳忒弥斯一样，把男性当作自己的"仆从"。

当今的美国，父女问题表现为一个严重的社会问题。首先，父亲强奸女儿事件频频发生。美国的离婚率很高，导致名义上的父女之间不一定存在血缘关系，因此屡屡发生父亲强奸女儿的事件。

这是因为，男性作为强有力的男人在强有力的父权社会里生存，其压力之大难以承受，亟须在感情的一体感中获得喘息的机会。然而，妻子也是父权社会的一员，难以对自己的需求产生回应，于是他们便滑向这种简单易行的方式（然而这种行为对女儿来说却极为恐怖）。

其次，在美国这样的父权社会，女性若想取得成就，就会无意识地走上"父亲物语"的轨道。《神话中的女性成年仪式》一书的作者西尔维娅·佩雷拉在书的开头写道：

> 我们这些取得社会性成功的女性，通常都是"父亲之女"

(daughters of the father），即适应了男性本位社会的女性，而拒绝了我们原本应有的丰富的女性本能与能量模式。①

西尔维娅·佩雷拉在她的这本著作中，探讨了如何恢复"女性之性"的本源的问题。笔者写作本书时从中受益良多，后文还会提到相关内容。

独特的平安时代

平安时代到底是母权社会还是父权社会？恐怕我们无法选择其一作为答案。这个时代既没有女天皇，王权及其政治、官僚体系也都是男性独步天下，这些是它父权性的一面。但同时，它还保留着母系制度下的招婿婚②。当然，并不是所有的婚姻都遵循招婿婚的模式。

比如光源氏，他与第一位妻子葵上的婚姻就是招婿婚，他们的儿子夕雾也是由女方来抚养。但是，紫夫人以及三公主却是住在光源氏自己的宅邸里。也就是说，婚姻形式并不固定。

而当我们聚焦于心理层面时，可以特别明显地感受到母性的强大力量。前文我们探讨父权制的特点时，曾把"军事"列为其表现之一。可是，平安时代的王权丝毫不重视军事，这一点便与强大的母性力量有着密切的关系。从世界范围来看，这种情况在当时也极为特殊。

《源氏物语》有很多与政治相关的描述。光源氏一时不慎，谪居须磨，后来回到权力中心，平步青云，但它与武力（甚或手腕）

---

① 西尔维娅·B.佩雷拉著，山中康裕监修、杉冈津岐子等译，《神话中的女性成年仪式》，创元社，1998年。
② 即入赘。——译者注

第二章 "女性物语"的深层

毫不相干。《宇津保物语》详细描述了王权斗争的过程,非常有趣,但其中也丝毫没有表现出动用武力的意思。没有军事力量的父权社会,这简直难以想象,可它正是平安时代的独特之处。

通览过王朝物语的主要作品之后,我发现其中竟然一个杀人事件也没有,这让我产生极为深切的感触。创作物语时,杀人事件不是会使故事写作更容易、情节更具戏剧性的必要因素吗?

可以想象一下,如果把杀人的情节去掉,莎士比亚的那些名作将会变成什么样子。而平安时代的日本人,竟然不用设置杀人的情节,便创作出这么多流传千古的作品。这说明,不以舍弃为目的,而以包容为特点的母性心理在当时居于优势地位。

平安物语中虽然没有杀人事件,不是还有"物怪"[①]吗?六条御息所的物怪不是杀人了吗?的确,物怪具有可怕的破坏性和攻击性,但这不是由六条御息所直接实施的、出自她本人意愿的行为,因此与杀人物语明显不同。下一章我们再探讨物怪的问题。

平安时代的男女关系是怎样的呢?家族制度史的研究专家福尾猛市郎认为[②]:"关于女性实际地位的史料虽然凤毛麟角,但从法制资料来看,女性的地位并不低,不像江户时代那样具有显著的男尊女卑意识。"笔者对此表示认同,他所说的自古以来的"朴素的男女平等"意识,一直绵延不绝。

当时男女之间的婚姻,有的是自由恋爱式的,有的则遵从父母的安排,没有明确的一定之规。值得注意的是,国文学研究者藤井贞和以当时物语中所描述的女性少女期的结婚现象为研究对象,认为它与"圣婚"相关。[③]

[①] 物怪,指作祟的活人或死人的灵魂。——译者注
[②] 福尾猛市郎,《日本家族制度史概说》,吉川弘文馆,1972年。
[③] 藤井贞和,《物语中的婚姻》,创树社,1985年。

藤井指出，与少女结婚，"女孩刚刚进入圣洁的少女期，这种婚姻有种违反禁忌之感，令人立刻想到'圣婚'一词。所谓圣婚，指的是神与人通婚。它是被神即王权把持者所允许的、与圣域之间的游戏。若说侵犯少女是一种犯罪，那么，这是一种只有神即王权把持者才能违反的禁忌"。

的确，圣婚始于国王与女神的交媾。如前文所述，当它演变为"圣娼"制度时，则是在女神的守护下，处女与过路人交媾。此时，已经不限于国王，普通人也可以这样做，演变为女孩进入社会的成年仪式。

平安时代，有很多男性侵入女性世界的故事。按照上述模式来看，这些故事与圣娼制度多有相似之处。也就是说，男性们就像母权时代一样，作为一名陌生人，在女儿变成母亲的仪式中发挥着无名者的作用。

父权与母权混杂并存的平安时代，这种现象呈现出非常微妙的形态。如果在母权因素较强，能与平安时代不牢固的父权结构平分秋色的情况下，陌生人（实际上是经过父母允许，女儿也知道的女婿）侵入女儿住处，在互未见面的情况下结为夫妻。经过这种圣婚般的成年仪式，女孩变成大人的三日之后，会举行被称为"露显"的结婚仪式。

而在父权意识较强的情况下，男性不再是没有人格特色的陌生人，其侵入女方住处的目的乃是将其"据为己有"。于是，就会发生交欢之后不举行结婚仪式，将女方弃如敝屣的事情。此外，如果女性的父权意识较强的话，就会对父母所安排的男性的来访表现出愤怒或悲伤，这种情绪恰与苏美尔圣娼仪式中的欢欣感受相反。

平安时代的男女关系发生在如上各种形态混杂存在的状况之下，因此，它与我们下一小节中将要讨论的西方浪漫爱情大相径庭。我想，正是物语的作者自己亲身体验了这些不同的男女关系形态，也看到很多别人的经历，才创作出了《源氏物语》这样的物语故事。

平安时代，对性不像基督教文化圈那样鄙视，灵与性也尚未分离。在促进男女关系的技巧方面，日本的特点是非常重视审美感受的。可以说比起伦理道德，审美能力更加重要，所以男女之间在互赠和歌的内容、笔迹、用纸、信使的选择各个方面，都必须做到尽善尽美。不精通此道者，往往因其审美能力不足而遭人不齿。

尽管如此，在极端情况下，也可能出现由男性侵入所构成的性关系（而且是在黑暗之中完成）为开端的男女关系，因此，平安时代的人们对于男女关系的认知与现在大不相同。我认为，它或许是被当作一种"死亡"体验。

男女合一本来意味着与伟大女神的一体化，它和"归于黄土"的体验相关。同时，正如"ecstasy"（销魂）一词含有"站在外面"的意思一样，或许男女合一曾是处于人世之外的经历。实际上，作为女性成人仪式的圣娼体验，是少女死去，重生为成人的一种死与再生的体验。正是在这个意义上，参与其中的"好色"[①]才得到了高度评价。

总而言之，如果用今天的常识来评判平安时代的男女关系，将会产生许多误解，它需要我们充分发挥自己的想象力。

三 自我危机

现在，我们把话题转到近代，探讨一下西方近代的所谓"确立

[①] 具有褒义，平安时代对男性才情等高度审美的评价。——译者注

自我"。为什么要讨论这个问题呢？因为一方面，从母权社会转变为父权社会之后，西方近代达到父权意识的顶峰；另一方面，强烈的父权意识席卷全球，独步天下，我们日本人也不能幸免，唯有直面事实。

男性英雄物语的背后

近代欧洲所确立的父权意识伴随着科学技术的推广，以排山倒海之势席卷全球。美国作为父权意识的领军人物，试图以全球化为名，促使全世界认同和接受他们的价值观。

父权意识的确立，也体现在"确立自我"这个口号中。所谓确立自我，就是自我脱离他人获得自立，具有主体性和统合性，并通过与他人的竞争愈战愈强，进而认为世界的运转可由自己控制。

研究西方近代的自我与"物语"的关系，必须了解荣格派分析家埃里克·纽曼关于英雄物语的理论。因其十分重要，我在自己的其他著作中也曾屡次提及，以下仅做简述。

纽曼指出，西方近代自我的产生在世界精神史上也是极其特殊的现象，他认为"英雄物语"最恰切地体现了西方自我确立的过程。英雄物语的结构，通常由以下几个部分组成：英雄诞生、战胜怪物（龙）、得到女性（宝物），纽曼认为它描述的正是自我确立的过程。

英雄的诞生即自我的诞生，英雄诞生的特异性是其特殊性的集中表现。比如希腊神话中的英雄们是希腊主神宙斯与人类女性结合的产物，在我们日本，也有像桃太郎这样并非人类所生的英雄人物。另外，有的故事中，小孩刚一出生便以非同寻常的言语举动显示出超凡的能力，释迦牟尼的诞生即属此类。

英雄一定会打败怪物，在西方，怪物通常以龙为代表。众所周知，弗洛伊德派的精神分析家将其还原为恋母情结，认为其表现的是儿子的弑父行为。

荣格反对把神话还原为如此个人化的骨肉关系，他认为怪物可理解为一种超越个人的存在，即"如母者、如父者"的象征。纽曼在此基础上指出，打败怪物不是要杀害作为个人的父母，而是要消灭存在于自己内在世界、具有原型意义的如母者、如父者。

其中的"弑母"行为，是与想要吞噬自我的如母者的斗争，是自我抗击无意识的控制从而获得自立性的努力。只有通过这种象征性的弑母行为，自我才能获得较强的自立性。另外，所谓"弑父"，则是与文化性、社会性规范的斗争。自我要真正自立，不仅要脱离无意识的控制，还要脱离文化性的一般概念与规范的约束。

只有在这场危险的斗争中取得胜利，自我才能确立，这是一场孤独的战斗。但当打败怪物之后，英雄救出被怪物抓走的女性，并通过与之结婚，恢复了自己与世界的"关系"。于是，英雄神话关于自我确立的物语到此完结。

此过程的特点是，自我首先通过弑母、弑父的行为，将自己置于与世界隔绝的状态，从而获得自立性。然后，再以一位女性为媒介，重新与世界缔结关系。

英雄物语与近代自我确立的过程十分贴合，因此，与之异曲同工的物语、小说、电影、戏剧等在近代大行其道，备受追捧。下一节将要探讨的浪漫爱情也与英雄物语密切相关。不过，英雄物语是"男性的物语"，出现在英雄物语中的女性都是闭月羞花之貌，拥有无穷的魅力，有人将她们视同"玩偶娃娃"。这样的女性能够算作真实的人吗？

纽曼认为，"无论男女"，自我的确立都至关重要，不管对于男性来说，还是对于女性来说，自我的意象均借由"男性英雄的形象"表现出来。当我们针对"近代自我"进行探讨时,纽曼的观点的确可以成立。然而,近代的自我确立究竟是不是所有人的理想呢?存在多种多样的自我又有何不可呢?

有一位女性,她一直致力于确立如英雄物语所示的自我,曾经说过这样的话:"我现在最想要的,就是一位夫人。"当然,这样的人或许有幸可以与她的"男性夫人"结婚,不值得大惊小怪,但这并非所有人的理想。

大概并不存在一种物语适合所有人的情况,可是,如今绝大多数人却都被英雄物语绑架了,我对此心存疑虑。另外,如果女性按照此物语行事,一定会产生某些问题。我认为若要克服并超越近代,必须找到一些其他的物语。

浪漫爱情的难度

与圣保罗"男性不宜接触女性"的思想相比较而言,纽曼关于男女关系的评价极为不同。基督教初期因为重视个人与神的关系而蔑视男女关系,尤其对性持否定态度,因此以男女关系为不齿之事。

但是,当人相对于神逐渐变得强大时,比起人与神的结合,活生生的人与人之间的关系,特别是与异性的关系开始受到重视。尽管如此,基督教思想的影响依然存在。所以12世纪前后,浪漫爱情刚刚出现时,通常遵循以下原则:一是相恋的骑士与贵妇不能发生性关系;二是两人自然也不可以结婚;三是恋人们情欲焚身,不得不在对彼此的渴望中痛苦挣扎。也就是说,所谓浪漫爱情,被认为是一种比脱离性的精神性恋爱更高尚的东西。

随着时代的推移,浪漫爱情也发生了变化,它更加现实化、世俗化,逐渐与婚姻产生联系。这与基督教的世俗化轨迹一致,可以说作为对基督教过于父权化的补偿，女性的价值被重新认识。换言之，人们认为在将女性仅仅视为男性附属物的父权社会中，男性只有通过女性的爱，才能提升精神层次。

或者说，男性英雄通过女性的力量再度与世界连接，从而使纽曼所揭示的男性英雄的孤独被治愈。重要的是，其中没有神的参与。也就是说，浪漫爱情虽然与宗教性相关，但是神并未直接现身，它展现的是人与人之间的关系。

这种情况下，随着基督教文化圈中人与神的关系逐渐弱化，浪漫爱情发挥了重要作用，在社会中取得一席之地。荣格派分析家罗伯特·约翰逊指出："在我们西方文化中，浪漫爱情如今已取代宗教，男女都在其中追求存在的意义，追求超越，追求完满与欢喜。"[1]浪漫爱情"取代宗教"，作为一种意识形态发挥着巨大威力。

我们日本也受其强烈影响，所有的年轻人无论男女，都对恋爱充满憧憬，都想走一条恋爱之后结婚，而后发生性关系、生育孩子并共筑爱巢的道路。这条路不仅很圆满还十分甜美，作为浪漫爱情曾经的重要因素之"痛苦"被逐渐忘却，浪漫爱情变成了甘美的东西。

然而，实际施行起来时才发现这条路何其困难！若要纯粹遵循浪漫爱情的公式，女性就必须像木偶一样。因为女性是通过被救助来发挥解救作用的，所以自始至终都必须处于被动地位。

没有人能够忍受永远美若天仙、永远被动无助，女性一旦要依照自我意志行动，就会导致关系破裂。反过来说，男性必须永远坚强，永远战无不胜，保护女性，时间久了也会疲惫不堪。

只要认为，唯有浪漫爱情才是夫妻结合的因素，那么不久之

---

[1] 罗伯特·A. 约翰逊，《现代人与爱情》，长田光明译，新水社，1989年。

后，这对夫妻一定会走到婚姻的尽头。或者彼此灰心断念，只维持表面上的关系，甚至演变为家庭内离婚。

美国多是前者，日本多为后者，当然这无所谓孰好孰坏，但是其中却反映了不能只依循浪漫爱情物语，而应该拥有其他物语的必要性。夫妻之爱应当更为博大深切。

浪漫爱情意识形态化，年轻人对其深信不疑，在此基础上恋爱、结婚。但当他们发现实际存在上述各种困难时，势必对结婚产生抗拒；也有人因为恋爱过程不理想，中途对恋爱心生厌倦，从而导致未婚人数不断增加。

女性尤其如此，这都源于找不到适合自己的恰当的物语，并已成为当今日本社会少子化的一大要因。

孤独症蔓延

近代自我的最大疾病是孤独。以为自己已经自立，却发现那不过是孤独。自立与孤独有什么区别呢？自立是在保持自立性与主体性的同时，与他人保持联系。当然这并不简单，主体性与他人的关系有时候是矛盾的、对立的，但是只有脚踏实地直面现实，负责任地坚持到底，才能体会到人生的滋味。

可是，如果如上所述，按照纽曼的公式完成"弑父""弑母"之后的"连接"就是女性存在的意义的话，那么，女性的主体性体现在哪里？或者说，如果我们放弃浪漫爱情的话，还会有怎样的物语？这是非常重大的问题。

当孤立化的自我设法恢复"关系"时，性浮上水面。性是身体与身体的"关系"，如字面所示，是"赤裸的关系"，从这个意义上可以说，它是最根本的关系。但是，由于近代自我未能彻底摆脱基督教的影响，从而把性视为与精神对立的东西，认为它非常低级，因此，恢复关系的过程常常伴随着自我贬低、事后不快的感觉等，反而产生了相反的效果。

另外，不论是男性还是女性，由于近代自我强加给他们的都是"男性英雄"的意象，使得男性与女性的关系混入过多的斗争因素。因此，反倒是明确意识到男性"功能"、女性"功能"的同性恋更加令人感觉到关系的亲密。在建立关系的过程中起到重要作用的和善，更容易在同性恋中感受到。当然，只要同性恋的关系是稳定的，它本身也不是什么问题。不过，如果同性恋太多，对种族延续来说就是一个问题。

吸毒也是逃离孤独的方法之一。以脱离他人而实现自立的自我，借助毒品与他人相融，体验到不可思议的连接或一体感。这似乎是一种治愈，但这种感觉并不能真正持久拥有，只能维持极短的时间。于是便会反复吸毒，吸食量也越来越大。愈演愈烈之下，最终连自我也被吞噬，更何言"自立"！美国深受其害。

因为近代自我背后的思想是一神论，所以近代自我很喜欢"一"，它毫不迟疑地坚信"我"作为一个人，是有史以来唯一的存在（此处不考虑轮回转生的问题），而且固守一夫一妻制。这很了不起，同时却也真的很死板。

当人们无法忍受这种极端的"一"的时候，可能会出现多重人格的症状，因为"我"并非单一性的存在。所谓多重人格，指的是一个人可以变成很多不同的人，甚至他们的名字都各不相同。与一般意义上的双重人格、多重人格不同，它的特点是病人的每一个"人格"都很鲜明，与其他人格相区分，独立存在。

最近，美国此类患者急剧增加，有人发表了夺人眼球的十六重人格病例相关研究，日文译本也已出版。此病的产生机制，通常是因为幼时受过严重的外部因素伤害，由于接纳伤害会危及自己的生命，于是创造出其他人格以达到回避痛苦的目的。一个人自身无法容纳那些高度矛盾或对立的东西，通过人格分裂，则可使它们相安无事，生命得以延续。

假设不严格地执着于"一"，而让"多"共存于一之中，形成一个较为松懈的统一体，作为个体的个人反而更易存续。过分执念于"一"而分散为很多个"一"，这就是多重人格。

美国的多重人格的案例报告数量遥遥领先，本以为这源于文化差异，但是最近日本也开始出现此病症，当然数量远不及美国。要从文化差异的角度来讨论的话，尚需假以时日，观察情况的推移变化。不过，我们仍然可以肯定地说，这一现象是近代自我导致的。

四　活在当下不可或缺的东西

生活在现代的女性想活出怎样的物语呢？这是一个不太容易回答的问题。近代以后，自我确立，并以科技为武器面对世界之时，许多事情成为可能。

生活变得极为便利且富足，人们不需要神的参与，也可以尽情讴歌此世的欢愉。然而现实却总是相背而驰，为了保持方便富足的生活，人们变得极为忙碌，常常感觉心中焦躁，总想对事、对人发火——有些人实际就是这么做了。

从女性的角度来说，尤其是欧美社会，父权历史悠久，那些想要成功生存于现代的女性也树立了"父权意识"，主张女性能够完成与男性相同的工作，并加以实践。但恰恰是那些在这一点上取得"成功"的女性，开始更加深入地反思。

荣格派分析家西尔维娅·佩雷拉指出："我们这些取得社会性成功的女性，通常都是'父之女'（daughters of the father）——换句话说，就是充分适应了男性本位社会的女性——我们一直拒绝自己原本所拥有的、具有丰富女性之性的本能与能量模式。与此相同，文化也毫不留情地把它们挨个揪掉，不断地加以伤害。"①

倘若如此，现代女性找到"女性的物语"则势在必行。通过找到"女性的物语"，可以为现代的冷硬生活带来一些滋润。由此来看，纽曼所提出的男性英雄神话无论对近代的男性还是女性均有意义，与此同理，女性的物语对于想要超越近代的女性也好，超越男性也罢，都有借鉴意义。

生活在"父之女"状态的人

西尔维娅·佩雷拉指出了女性成为"父之女"的危险性，那么，所谓"父之女"是什么意思呢？如果说它指代那些受到父亲的强烈影响及特别宠爱的女儿们的话，紫式部可谓其典型人物。《紫式部日记》中有一段大家耳熟能详的记述，说的是她小时候，父亲教她的哥哥学习汉文典籍，她在一旁听，反比哥哥理解得更快、更好，父亲感叹道："太遗憾了！只可惜你不是男儿身！"现代日本也存在类似的情况。

但是，佩雷拉的"父之女"概念，超越了个人性的亲子关系，指的是"父权制之女"。换言之，它指的是那些在美国等父权性社会中取得成功的女性。她所说的"父之女"是取得社会性成功的女性，而不是像玛丽莲·梦露那样，被父权社会的男性们所倾慕的女性。"父之女"是在与男性的角斗中获胜的成功者。

佩雷拉认为"父权制之女与母亲的关系很浅薄"，她们对母亲、

---

① 西尔维娅·B.佩雷拉著，山中康裕监修、杉冈津岐子等译，《神话中的女性成年仪式》，创元社，1998年。

母性之类有厌恶感、抗拒感，因为她们认为，一旦靠向母性，自己将沦落到侍奉男性的地位，或者自己的"个性"会遭到破坏。因此，当她们自以为完全脱离了母亲成为一个自立的人时，却突然发觉自己被父亲或丈夫的价值观所绑架，被动地活在"父权"的道路上，而搞不清楚"本来的我"到底是谁的时候，就会产生强烈的不安全感。

不是所有的"父之女"都有这个历程，人们的历程各种各样，无所谓好坏。现代社会，既然还有活在母女一体物语中的人，那么存在作为"父之女"终生过着幸福生活的人也毫不奇怪。但是，如果可能的话，观察一下自己现在生活在怎样的物语中，跟别人有什么不同，这样做既有趣，也会减少邻里滋扰的情况。

物语数量众多，自己想要活出怎样的物语？对此问题毫无自省的人，常常会坚信，只有自己正在践行的物语才是正确的。这虽然提高了当事人的幸福感，却使其周围的人苦不堪言。

题归正传，佩雷拉等人认为，现代女性即便以为自己非常"独立自主"地行事，并取得成功，蓦然回首也还是会发现自己不过是"父"的附庸，失去了作为女性最根本的东西，而陷入深深的不安与焦虑。

比如希腊神话中的雅典娜，她虽然是一个光彩熠熠的人物，却不过仅仅遵循父亲宙斯的意志行事而已。雅典娜是如字面所示的、真正的"父之女"，因为她诞生于父亲的身体，她是披盔戴甲，呐喊着从宙斯的头里跳出来的。

如果我们把"父之女"的"父"看作社会性规范的体现者，那么，父之女就是按照社会规范与期待生活的女性，她们都是弗洛伊德所谓"超我"极为强势的人。

这样的女性无法忍受不上进的男性，有时她们的父亲也会因此成为被攻击的对象。"父之女"的"父"对她们来说，不是生物意义上的父亲，而是精神意义上的父亲。

现代日本，社会规范与期待不断变化，又有场面话与真心话的区别，"父之女"们为不能轻易捕捉到"父"的形态所苦恼。譬如有的女孩学习成绩很好，顺应父亲的期待考入一流大学，父亲欣喜不已。可是当她说自己要考研究生院，将来从事研究时，却遭到父亲的强烈反对，令她十分困惑。

这是因为，以目前为止的事情来看，她以为父亲会很高兴地支持她，却未曾想，与她的预想相反，父亲提出强烈反对："你要是上了研究生，就嫁不出去了。"她因此茫然不知所措。

她心想：既然"嫁出去"是最重要的规范，那父亲为什么喜欢我学习知识，把考入一流大学说得就像是我的人生目标一样呢？如果父亲把"嫁出去"放在他规范的第一条的话，我还需要什么学习啊！

用戏剧来形容的话就是，她已经为表演打败怪物的英雄做好了所有准备，临到上场的时候，却被突然告知："你的角色是被怪物掳走，等待英雄救援的美女"，她一定会气得直想大吼："你以前可不是这么说的！"就算是"父之女"，也受不了父亲的方针变来变去。

父权与母权可否共存

如上文探讨所示，当今世界的现状是由母权向父权转移，对此起到强大推动作用的欧美文化成为世界的主导。但是，现在的父权意识似乎已经走到尽头，负面影响层出不穷。笔者就此写过《近代自我的病症》一文。这里我们换个角度，来探讨一下父权与母权并存这一艰难的课题。

首先我们不得不承认，以目前的状况看，在世界上占"强势"

地位的是父权意识。不过话说回来，这也是理所当然，因为作为父权意识之武器的机械化、政治化、军事化的力量在人类世界所向披靡。在此机制内取得"成功""有头有脸"的人，认可它并感到幸福，却没有意识到它建立在多么大的牺牲之上。

男性"成功"人士可能不会注意到任何事情，但正如西尔维娅·佩雷拉所说，"成功女性"开始意识到这些奇怪的事情，并把它们视为自己的课题，她们的存在本身，开始引发针对父权性意识片面性的反应。同时也让我们意识到，让一度被认为已然消逝在古代的母权性意识在现代焕发活力非常重要。

如何看待父权与母权并存呢？如前文所述，它引发了美国的女性分析学家对古巴比伦、苏美尔等神话以及圣娟的意象的研究兴趣。另外，当下的美国对佛教的兴趣持续剧增，也是一种相关的表现。

对此，日本该持何种观点呢？首先要明确的是，日本的情况没这么简单，不能以欧美为榜样亦步亦趋。日本没有欧美那样明确的父权意识，父权与母权复杂地纠缠在一起。

搞不清楚这个前提，极易滑向错误的结论。从社会的重要职位几乎都是男性占领这一点来说，日本的确是"男性社会"，但是日本的男性不像欧美那样依循严格的父性原理生活，而是依循母性原理生活，因此问题更加复杂。

从"场域"优先于个人这一点而言，日本仍然是母权性意识十分强大的社会。譬如，从事自然科学研究的学者尽管在进行研究时依循的是父权性意识，但在他们处理学者团体的人际关系时，则大多依循母权性意识，从而导致水平高的人无法充分发挥个人才能，成为欧美人诟病日本学者创造力不足的一大重要因素。虽然日本最近开始强调尊重个性，但就实际情况而言，并无多大变化。

女性的职能就是支撑起这样一个男性社会的母性化集团，要说不容易也的确不容易。在这个系统中，"母亲"拥有绝对权力，从而使男女取得平衡。虽然男性在家里作为"一家之长"，可以耍耍威风，但他凡事必唯母亲马首是瞻。实际权力掌握在母亲手中，母亲会随时照顾到家中其他女性的状况。美国人对事实了解不清，误以为日本是彻底的男权国家。

日本的传统机制维持着与其自身相应的男女平衡，但是如果从以西方父权意识为基础的"个人的确立"来看，则会被认为女性受到极大歧视。

那些身为"父之女"的日本女性拥有比男性更强烈的"父权性意识"，并在社会中加以推广。她们认为其理论"正确"，故而欲使其发扬光大，不曾想却遭到母权性的男性集团的抵抗，溃不成军。推行"正确"的主张而受挫，令她们愈挫愈勇，然而男性的抵抗也随之升级。结果是她们要么觉得不能吸收正确思想的日本令人厌弃，要么为了能成功而与日本社会的男性为伍，接受一定程度的母权意识。

父权意识与母权意识互为长短，实际上并不存在谁是谁非的问题，问题在于如何才能使这难以共存的二者，同时并存于一个人的意识之中。

各自寻找"自己的物语"之际

为使难以共存的东西并存于一体，我们需要"物语"的帮助。对于具有理论整合性的事物来说，无须物语性的描述，只需原样记录就好，比如数学性的记述就是最典型的例子。此外，在使用一种意识形态来解释一切的情况下，也无须物语，或者毋宁说，它们相互对立。

近代是一个近代科学与意识形态繁荣昌盛的时代，因而物语的价值被无限贬低，所谓"某某神话"意味着煞有介事的虚构，相信神话的人则被认为缺乏脑力和知识。

父权性意识强的人，更善于使用自己的力量操纵利用外在世界，但是却难以在"世界中的"关系里生存。当我们不把世界对象化，而是想使自己与世界相连接，回到与世界的关系中时，必须借助物语的力量。

物语在各种意义上承担着"连接"的作用，它可以使人们理解并接纳矛盾的事物。因此，在"关系"这一点上，笔者认为科学也需要物语，此处暂不赘述。

如前文所述，纽曼用物语来解释父权性意识的确立过程，是因为他认为强大的父权如果没有母权的帮助则无法存续，从而提出了互相矛盾的双方共存的命题。因此，"科学的"心理学在研究自我的确立时，根本不会理睬纽曼的物语。这一点暂且不论，总之，仅从纽曼的物语来看，当我们以女性为中心来探讨时，如上文所述，父权性意识是有缺陷的。

于是，"女性物语"在现代的必要性被彰显出来。《源氏物语》作为女性作者创作的女性物语，可否为生活在现代的我们提供一些启示呢？正如在前一章探讨过的，作者紫式部生活的时代虽然很久远，但那个时代的特点使得这种借鉴成为可能。

那个时代的日本，父权与母权在许多方面交错共存，有一类像紫式部这样的女性，她们既在经济上独立，又能与时代潮流保持一定的距离。

因此我认为，《源氏物语》对于生活在现代的人来说，应该具有非常宝贵的借鉴意义。

当然，现代要求我们每一个人找到"自己的物语"，而某些既有的物语一定会对此大有帮助,《源氏物语》就是其中之一。

在美国,有些荣格派女性在寻找女性物语的过程中会疑惑:强调"完整个体的女性"(one-in-herself)的重要性是否意味着切断"关系"?物语的本质是"连接",这样想就自相矛盾了。

但是,西方的物语大多从"男性的视角"出发,出现在物语中的女性,其身份取决于她与男性的关系。即使是表面上追求男女平等相爱的浪漫爱情,在这一点上也不能免俗。因此,作为女性物语,便产生了"作为个体的女性"的意象。

此时的女性形象,不是像杀死恶龙之后的男性英雄那样的孤立型存在,而是虽身为一人,却内含丰富的关系性。她的身份不取决于与男性的关系,而在于她自己的存在本身,并具备在必要的时候,与必要的人,作为伙伴共同生活的关系性。

第三章
内在分身

如第一章所述,平安时代机缘巧合具备了各种条件,它是一个既能"个体"独立,又兼具表达内心思想能力的才女辈出的时代。其中,紫式部以其极高的天赋,凭借一生中丰富的生活经历与体验,创作出举世闻名的稀世之作。

如前文所述,我们认为《源氏物语》反映的是一位女性的"世界"。在展开正式解读之前,有必要先来了解一下它的作者紫式部。不过到目前为止,有关紫式部的信息,学界还有诸多不清楚的地方。

紫式部生卒年未详。她还留下一部叫作《紫式部日记》的作品,但是它与我们现在所理解的日记的概念十分不同,而且所记录的时间也比较短。

尽管如此,想一想紫式部生活在千年之前,身份也并不十分高贵,对这样的一位女性,我们今天还能知道她的这么多信息,真应该高兴才对。

一 "内向之人"紫式部

我认为,紫式部的《源氏物语》描述的是她通过探索自己的世界来寻求自我实现的过程。下面我们将依次探讨《源氏物语》的整体构图,在此之前,先来简单地了解一下紫式部的生涯。

讨论她所处的现实世界是如何被投射在作品中的,以及讨论所投射作品的某处虽然显得毫无意义,但对于读者了解她的现实生活却是十分必要的。以下根据国文学研究者的解说等资料,[1]结合本书的研究主题,对紫式部做简要的探讨。

思想向内行

了解了紫式部的生涯之后,首先给我印象最深的就是"父之女"与"内向之人"这两点。关于"父之女"前文已有所涉及,要理解她有必要先了解一下她的父亲。紫式部的父亲藤原为时所担任的官职为越后守,官位为正五品下,是受领阶级[2],不属于高等贵族。藤原为时为人正直认真,属于"清贫学者、文人"一类。紫式部继承了父亲作为文人的才能,这一点反映了她的"父之女"气质,同时值得注意的是,她与母亲之间似乎缘分极浅。

紫式部在其自选个人和歌集(《紫式部集》)及日记中均只字未提她的母亲,据推测应该是在她幼年时,母亲已经离世。与母亲关系疏离的女性更容易走向自立,有些人可能会因此滑向孤立型人格,但是紫式部避开了这个风险,大概受惠于父爱的大力庇护。

前文提到过,其父教她的哥哥学习汉文书籍,她反倒比哥哥记

---

[1] 池田龟鉴·秋山虔(解说),《枕草子·紫式部日记》,日本古典文学大系19,岩波书店,1974年。
[2] 受领阶级,指被遣赴地方担任地方官的中等贵族。——译者注

得快。学习汉字、汉文对培养她的自立心起到了促进作用，使她具备了男性化的思考力与思维方式。

她的婚姻也很有特点，据推算大约在26岁时，她与几乎和她父亲同龄的藤原宣孝（据推断，时年45岁）结婚。当时的女孩子大多十四五岁结婚，紫式部绝对属于大龄晚婚。

当然，我们不清楚这是不是紫式部的初婚，但是对于"父之女"来说，到了适婚年龄不结婚，或者找一个可以替代自己父亲的男性结婚，均为常见现象。她与宣孝生下一女，此女后来被称作大式三位。

紫式部结婚虽晚，却不能肯定她此前完全没有与男性交往的经历，至于交往到什么程度也无从考证。在她的自选和歌集中记录了如下的赠答和歌：

> 某人为避方位不吉前来借宿，翌日暧昧而归，乃送其朝颜之花，附和歌一首曰：
> 模糊君容黎明见，朦胧恰似此朝颜。
> 彼人回赠和歌，似未识得鄙人笔迹：
> 欲识何处飞鸿雁，却似朝颜已不见。

正如和歌题词部分的"暧昧"一词所示，这个为躲避不吉利的方位前来借宿的人与紫式部的关系模糊不清。尽管不能排除对方是女性的可能性，但是，从此和歌赠答来看，紫式部在结婚之前，并不是一块不近男性的顽石。

她与藤原宣孝的婚姻生活虽然说不上浓情缱绻，却也顺利和谐。女儿出生后正欲享受天伦之乐，然而事与愿违，结婚才三年，宣孝便撒手人寰。寡妇幼子，可想而知，紫式部这段时期过得相当痛苦。不过,这段不幸经历对她的物语创作而言却非常宝贵。据推测正是在此期间,紫式部开始执笔创作《源氏物语》。

不久之后,她的生活发生了天翻地覆的变化,紫式部入宫做了藤原道长的女儿中宫彰子身边的女官。紫式部虽然平步青云,一脚踏入令人炫目的华贵世界,却并没有忘乎所以,下面这首和歌表达了她最初入宫时的心情:

苦痛心中埋,只身入九重,闲坐宫中思无绪。

对她来说,"苦痛"不会那么容易忘记,她是一个真正的"内向之人",在婚姻生活中也是如此。她不是向外求取华丽的绽放,而是习惯于向内修炼自己的思想。

出仕宫廷的经历

据说紫式部出仕宫廷是藤原道长的要求。道长为把女儿中宫彰子的内宫打造得魅力四射,四处搜罗人才。紫式部的才能深得道长赏识,遂奉命入宫。入宫之后,紫式部冷静地观察宫廷生活,按照自身的思考与判断,逐步建构起她自己的"世界"。

《尊卑分脉》一书关于紫式部这一条目的注解中,有"御堂关白道长妾云云"的字样,两人或许有此关系。此外,《紫式部日记》结尾处记录了她与道长之间的和歌赠答。道长以《源氏物语》为借口,在铺垫于梅枝下的纸上写了一首嘲笑紫式部的和歌:

好色声名扬,堪折直须折。

紫式部回赠和歌道:

尚不得人折,谁传好色名?

和歌使用了双关语,以梅子的"酸"与好色的"好"谐音双关①,互开玩笑。紫式部在答歌中谨严称自己"尚不得人折",然而此事尚有续集,当天晚上道长来访。

夜宿渡殿,惊闻有人敲门,惧而不答,熬至天明。清晨得人和歌一首:

秧鸡啼声似叩门,我比秧鸡心意诚。②
哭立柏门叩不停,可叹一夜无回应。

回赠和歌曰:

啼声不寻常,夜叩非等闲。
倘为君开门,当思悔不尽。

关于这些小插曲到底反映了藤原道长和紫式部之间怎样的"实质性"关系,众说纷纭。总之,可以认为,这对她来说算是一种心理上的"娼"体验,她因此得以体会到以妻子之外的身份与男性相处时,两人的关系所产生的甜美、绚丽,同时又伴有危险的微妙感觉。再次强调一下,这里的娼仅仅是作为心理体验的娼,不是说紫式部是字面意义上的娼妇。

参考本书第二章图2可以看到,紫式部历经其中作为女儿、母

---

① "酸的东西"和"好色者",古日语均为"すきもの"。——译者注
② 秧鸡的叫声和敲门同为"たたく"。——译者注

亲、妻子、娼等所有角色的体验，只是她有女儿没有儿子，唯一的缺憾是她缺少作为儿子的母亲的体验。

不过，她的女儿贤子后来被称作大式三位，官至三品，胜过母亲。这或许使得紫式部多少体会到了盼望儿子出人头地、官场得意的心情。丈夫死后，她独自一人抚育幼女，想必经历过经济上的困顿；之后成为中宫彰子麾下的红人，又亲历宫廷繁华，可谓人生经历丰富，见多识广。

对于自己的不同人生体验，作为"内向之人"的紫式部不是把它看作自己与外在于他人之间的种种关系，而是定义为自己内在世界里的多样性。而且，这里的多样性不是说自己具有各种不同的性格或侧面，而是意识到在自己的内在世界里生活着各种不同的"人物"。只要具备足够向内的深度，我们都会产生这样的想法。

一个中规中矩、品行端正的女性，认为自身存在出乎意料的淫荡欲念，和她认为自己内在世界里住着一个娼妇，其现实感迥然不同。为了栩栩如生地感受到内在世界的真实，就需要与男性发生关系。这时候，一般会感觉到自己内在世界里的许多分身，在与住在自己内在世界里的"同一个男性"发生着各种关系。

女性需要通过一个男性形象来确认自己内在世界的现实性，或者可以说，女性以一个男性形象为核心，在自身内在世界呈现多样化的同时，结晶成一个统一的整体。

紫式部作为父亲藤原为时的女儿、丈夫藤原宣孝的妻子、贤子的母亲、藤原道长的娼妇的种种体验，对她来说都是外在事物。只有通过进行"物语"描述，才能将其转化为她自身的内在之物，作为内在世界的现实加以体验。为此，男性人物光源氏作为物语的核心角色粉墨登场。

当把现实中藤原为时与紫式部的个人层面的关系,"描述"①为光源氏与明石公主之间的父女关系时,它便超越了个人性的体验,而接近普遍性的女性体验。其他的各种关系也是如此。通过内向的核心光源氏这一男性形象的出现,紫式部的体验与其他的许多人——包括现代人——产生连接。

女性一方面感受到自己内在世界存在着许多女性群像,另一方面不是通过与多个男性的关系,而是将其作为与同一个男性的关系来体验,这种倾向可谓相当普遍。因此,尽管《源氏物语》是紫式部的物语,却并不意味着它是她的个人史。历史很无聊,这是紫式部在《萤》卷中借光源氏之口表达的看法,"物语"则可以将个人经历提升到普遍性的高度。

从以上角度来解读《源氏物语》时,物语中的各位女性便呈现为住在紫式部内在世界的不同的人(如图3)。通过《源氏物语》,我们可以看到紫式部思想逐步变化的过程:最初,她把这

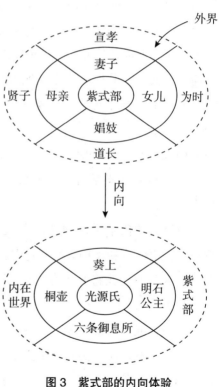

图3 紫式部的内向体验

---

① "物语"一词在本书中既有名词的用法,也有动词的用法,书中用为名词时,译文一般采取直译的方式;若用为动词,一般译为"描述"。特此说明。——译者注

些女性放在与光源氏这一男性的关系中进行描绘,后来当谈及她自身时,已经没有放在与男性的关系中来描述的必要了。接下来,我们将逐一论述。

二 "如母者"

要研究女性的内在世界,最好先探讨一下"母亲"这个话题。因为如第二章中所论及的,母亲的意象非常鲜明乃是全人类的共通之处。然而,紫式部与生母缘分极浅。这一点,或许可以说正是她作为作家能够成就伟业的一个重要因素。因为如果女性与母亲彻底一体化,就会变得非常安定,恐怕就不会产生创作的意愿了。

紫式部既与生母关系不够深厚,自己作为母亲又没有养育儿子,那么她对母亲的实际体验大概不算丰富。但是,当她把目光投向内在世界的深处时,她一定在那里看到了多姿多彩的如母者形象。如母者未必是有血缘关系的亲生母亲,它以各种形式呈现出来。

对于光源氏来说,"如母者"是以怎样的姿态呈现的呢?相应角色在物语的首卷《桐壶》一卷中已然尽数登场,此段物语结构之巧妙令人叹服。我将其化为图4,其中的人物名字全部出现在《桐壶》卷中。

桐壶是光源氏的母亲,毫无疑问是一个如母者的体现。但是,很快第一卷就描写了桐壶之死。光源氏的亲生母亲虽然很早就已离世,但是有一位女性贯通整个《源氏物语》,一直如同慈祥的母亲一般对待光源氏,她就是光源氏妻子的母亲,即他的岳母大宫。与之相对,还有一位可以称为"戾母"的女性——弘徽殿女御。

弘徽殿女御是天皇,也就是光源氏的父亲的妻子,但对光源氏

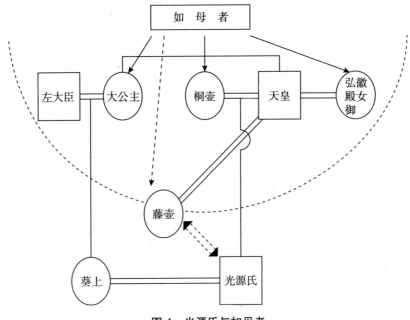

图 4　光源氏与如母者

来说，或许他并没有任何把她看作自己"母亲"的意识。不过从整部物语来看，承担着将孩子生吞活剥、置于死地而后快的"戾母"功能，并将它应用在光源氏身上的，正是弘徽殿女御。简而言之，亲生母亲夹在中间，两边各有一个慈母和一个戾母。

藤壶则在其中发挥了非常微妙的作用。她是光源氏的父亲即天皇的女人，在这个意义上，她属于如母者的范畴，但对于光源氏来说，她又是难以忘怀的倾慕对象，有很强的恋人色彩。所以她的位置，部分游离于如母者的范畴之外。

在以上基础上，我们来详细探讨一下"如母者"的情况。

从桐壶到藤壶

桐壶是光源氏的母亲，但她几乎没有享受过作为"母亲"的人生。物语对桐壶的描绘，只是说她身为更衣①，集三千宠爱于一身，因而招致其他后妃的嫉妒，备受折磨，痛不欲生，而关于她的母亲身份，却未着半点笔墨。

光源氏三岁时桐壶仙逝，彼时物语中也没有任何关于她死前对幼子的担心或者留下遗言的描述，只提到在她死后，有人想起她来，怀念她在世时美丽的身姿、容貌与优雅的气质。通过这些描述，我们大致可以了解桐壶是一个怎样的人，她的人生正是所谓"红颜薄命"。

薄命佳人桐壶作为紫式部内在世界女性群像的首要人物登场，令人不由感叹："还真是这么回事！"当有众多女性，或者想让众多女性住在自己内在世界的时候，首先想到的应该就是那些美丽温柔却命比纸薄的女性吧？

纵然内在世界存在剽悍或者放荡的女性，但意识到她们的存在却是很久以后的事情。薄命之人虽转瞬即逝，但她的影响力依然十分强大，随着物语情节的展开，相继出场的那些重要女性，她们的身上或多或少都带有桐壶的投影。

藤壶即是桐壶的直接投影。天皇对桐壶念念不忘，苦苦寻求与她相仿的人，最后得到藤壶。对于光源氏来说，藤壶是一个典型的"母亲兼恋人"的女性。许多男性最初会将母亲视作自己的情人，而当他们与母亲分离之后，大多会选择在某种意义上与母亲相似的女性作为恋人。

光源氏三岁时与母亲生离死别，对母亲的记忆极其模糊，可他对母亲的思念却日益膨胀，并最终在头脑中将她塑造成一位理想的女性。此时出现在他眼前的藤壶，美丽的容貌酷似母亲，又是自

---

① 更衣，平安时代后宫中地位次于女御的后妃官名。——译者注

己父亲的女人，正所谓"可望而不可即"。唯因如此，其思慕之情才与日俱增。对于光源氏来说，藤壶既是他的母亲，也是妻子、娼妇，可以说是他的全部。对于光源氏来说，紫上作为极为重要的女性，实际上体现出藤壶浓厚的投影。

另外，光源氏对于藤壶来说，也具有无可替代的意义。对她来说，光源氏既是情人，也是她必须宠爱的儿子和赖以依靠的父亲。在薄命红颜的延长线上，紫式部安排了这位尽管更加坚强，却因为命运的种种束缚而无法如意生活的女性。

光源氏对藤壶的思恋日积月累，终于在命妇①的帮助下与藤壶成就好事，并导致藤壶怀孕。在两人为此不知所措之际，天皇却认定藤壶怀的是自己的孩子。孩子出生后，藤壶夹在天皇和光源氏之间，生活颇多烦忧。

为天皇生下儿子，此子继位成为天皇，自身则成为"国母"，这对于当时高贵的贵族女性们来说，就是"最美物语"。就在成功向她招手的时候，桐壶却不幸去世。藤壶继往开来，终于将理想变为现实。

然而，藤壶并不幸福。她的心属于光源氏，但之后光源氏每次强行接近母亲，都被她拒绝到底。为了守护孩子的幸福，为了光源氏——还有自己——免于身败名裂，此举十分必要。藤壶的一生，遑论幸福，简直就是由苦恼连缀而成的。

紫式部深知，活在标准的幸福物语中未必能得到真正的幸福，人生不是单层结构。夹在表面幸福与秘密苦恼之中的藤壶决定出家，也可以说她身处天皇与光源氏两位男性的夹缝之间，最终选择出家。藤壶的这一行为，意味着她是浮舟的先驱，而浮舟是在物语

---

① 命妇，对宫中中级女官的称呼。——译者注

最后阶段发挥着重要作用的人物。

紫式部在很大程度上将自己与藤壶同一化。藤壶死后，紫式部在描述她的禀性时有如下语句："于世间万物多有慈悲"(《薄云》卷)，虽身份高贵，却不耽于权势，无论对谁均慈悲为怀。对佛的供奉也从不追求华美，而是以真心实意来奉养。正如艾琳·嘉顿所指出的，《源氏物语》从头至尾，只描写了三位女性的临终场面，藤壶即是其一（其他两位分别是紫上和大君）。紫式部对藤壶的厚爱由此可见一斑。

藤壶临终时，光源氏在她身旁。她嘱托道："请遵上皇遗言，照顾好冷泉帝。"因有他人在场，光源氏亦正襟作答，但实际上，两人所谈论的对象正是可称为他们爱情结晶的亲生骨肉。光源氏那看似例行公事般的交谈，实则蕴含万般感慨。就在这样的对话中，藤壶"如灯火燃尽般没了气息"(《薄云》卷)。

虽然藤壶登上了国母之位，她的性格中又有母性的一面，但她与光源氏的关系应当属于近乎母亲的"娼妇"。关于具备一般意义上的"母亲"特征的女性，我们尚需从其他人物中继续寻找。

慈母大宫

光源氏的生母桐壶几乎没有对他发挥母亲的功能，桐壶的继承者藤壶的作用与其说是母亲，不如说她是从母亲的意象所滋生的阿尼玛形象[①]。真正使光源氏在某种程度上感觉像"母亲"的，是他妻子葵上的母亲——大宫。

大宫也不是一位幸福的女性。她是天皇（桐壶帝）的妹妹，与

---

① 所谓阿尼玛形象，来源于卡尔·古斯塔夫·荣格的心理学概念，是男性"灵魂的意象"，大多以女性的形象呈现。可参照拙著《荣格心理学入门》，培风馆，1967年（岩波现代文库，2009年）。

左大臣结成夫妻。后来她的女儿许配给光源氏，儿子（通常被称作头中将）逐步加官晋爵，荣升至太政大臣。以此来看，似乎不可谓不幸福。可是女儿在生下孩子后不久便撒手人寰，此事令她心中常存悲凄之情。尽管如此，她对女儿（葵上）和女婿（光源氏）总是事无巨细，关怀备至。她与光源氏常有和歌往来，相互通情达意，令人感受到一种亲密、良好的母子关系。

光源氏官场失意谪居须磨，出发时与紫上惜别自不必说，他还特意前去拜访大宫，并互赠和歌以表惜别之情。当然，因为光源氏的儿子夕雾与大宫生活在一起，也可以认为他此行是为了跟儿子道别，但在光源氏与大宫的和歌赠答中，的确表达出近乎母子的情感。

大宫的母性相较于光源氏，在她的孙辈夕雾与云居雁从恋爱到结婚的过程中表现得更加明显。大宫与此事中的人物关系如图5所示。

关于夕雾与云居雁的恋爱，我们将在第五章详论。总之，他们虽相亲相爱，却无法结婚，最大的障碍来自云居雁的父亲头中将（当时已官居内大臣）。光源氏与头中将在此婚恋过程中的暗中较劲，也妨碍了事情的顺利进展。

然而，两位年轻人受到大宫庇护，尽管她没有直接插手，却缓

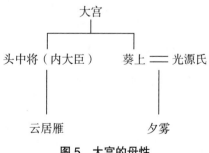

图 5　大宫的母性

第三章　内在分身

解了儿子头中将与女婿光源氏之间的紧张关系。她立于整个事件表象的背后，扮演了"伟大母亲"①的角色。

紫式部一方面感受到自己内在世界中存在着这样的慈母式的人物，另一方面也感受到与之相反的否定性母亲的存在，这就是弘徽殿女御。

戾母弘徽殿女御

所谓弘徽殿女御，就是指住在弘徽殿的女御，所以它不是一个固有名词。因此，在《源氏物语》中还有另外一个弘徽殿女御，后面出现的这个弘徽殿女御是头中将的女儿、冷泉帝的女御。为加以区分，我们有时把前面的弘徽殿女御②称为弘徽殿太后，因为她是桐壶帝的女御，她所生的皇子继位之后，被称为朱雀帝。

对弘徽殿女御来说，称其为戾母可谓名副其实，她总是欲将光源氏置于死地而后快。她与桐壶、大宫的关系请参看图4。紫式部安排了几位不同的女性分别代表"如母者"的不同侧面，其准确配置令人叹服。

如果说大宫是一位慈母，弘徽殿女御则是与其对立的戾母。

弘徽殿女御的最爱当然是她的亲生儿子（东宫，后来的朱雀帝），而对她儿子的地位形成威胁的光源氏就成了她的仇恨对象。当光源氏还是一个年轻的中将的时候，他在先帝面前跳了一支青海波（雅乐的一种）。其舞姿之曼妙，惊艳全场，在场者皆呼此非人间应有，只有弘徽殿女御说："美得简直要被神带到天上去了，太可怕了！"周围的年轻侍女们"闻之以为无情"，都觉得此语过于

---

① 此处指荣格心理学名词 Great Mother。——译者注
② 本书所说的"戾母"，指的是"前面的弘徽殿女御"。——译者注

刻薄（《红叶贺》卷）。

她的"被神带到天上去"这句话，非常耐人寻味，虽然她给出了否定的结论："太可怕了"，但依然反映出她认同光源氏的魅力超凡脱俗。

在弘徽殿女御得知她的妹妹胧月夜与光源氏秘密约会之后，她对光源氏的憎恨彻底爆发（《杨桐》卷[①]）。她筹划以此罪陷害他，结果光源氏先下手为强，主动请求谪居须磨。

正当她自鸣得意之时，听闻光源氏在须磨过得风流潇洒，不由暴怒。许多人慑于她的雷霆淫威，暂停与光源氏的来往。戾母发怒的巨大影响可见一斑（《须磨》卷）。

紫式部真的十分了解"母亲"的心理状态，她把大宫和弘徽殿女御放在光源氏生母桐壶的两边，用这两个人来表现它的正负两种状态[②]。

此外，弘徽殿女御对自己的亲生子朱雀帝也百般干预，儿子只能唯命是从。这一段描写颇为生动。随着年龄的增加，弘徽殿女御愈发变得婆婆妈妈，令儿子十分头疼（《少女》卷）。

如此戾母，结局将会如何呢？看看世界民间故事中戾母的结局吧，比如白雪公主的继母、扮成小红帽外婆的狼等，她们的下场都很凄惨。

但是《源氏物语》中没有任何反抗戾母或与之对立的描述，更不用说让她受到惩罚。即便对于弘徽殿女御的死，也是间接地云淡风轻地一笔带过（《新菜上》卷）。这种表现戾母结局的方式独具一格，令人感受到紫式部的智慧——或者说，当时日本女性的普遍智慧。

---

① 卷名翻译根据丰子恺译本。本卷日文原名《贤木》。——译者注
② 此句参考图4更易理解。——译者注

三　身为妻子

平安时代的婚姻制度，不是现在这样的一夫一妻制，所以妻子的地位有些微妙。当时实行一夫多妻制，而且大多为丈夫到妻子家走婚，因此即便已经"结婚"，如果丈夫不上门的话，那也只是名义上的夫妻而已。如果在这个过程中，丈夫又找到别的女人，只顾着往别人家跑的话，那么自己就连"妻子"也称不上了。

本书对妻子与娼妇作了区分，但并不是说当时有这么明确的区别。本书只是以光源氏的心理状态为基准，聊做区别。

比如说，大家对于把葵上定位为"妻子"，将夕颜定位为"娼妇"基本没有异议，但是对于其他的女性人物，则仁者见仁，智者见智。此外，无法简单定位于"妻子"或"娼妇"，有时正好说明这位女性具有特别之处。譬如末摘花，她认为自己是光源氏的妻子，可光源氏心中并不把她当回事。紫式部似乎就是想表达此类错位的有趣之处。

因此，虽然分类有些不够严谨，笔者还是把这些女性区分为"妻子"或"娼妇"，为她们在与光源氏的关系中找到定位。将葵上放在"妻子"类别的首位，应当不会有人反对，但对紫上的定位却有些复杂。关于紫上相对于光源氏的身份，笔者不准备使用此二分法，我们会在下一章的末尾详细探讨。

可悲的骄傲

葵上自尊心很强，也因此吃了别人不曾尝到的身为妻子的苦头。她的父亲是左大臣，母亲是当朝天皇的妹妹（大宫）。东宫太子曾期盼她入宫，她人也长得美丽，作为光源氏的妻子可谓完美无瑕。可她自己却因为比光源氏年长，就觉得"不般配、令人羞耻"。

她是一位被强烈的自我意识所束缚的女性。

物语对光源氏与葵上之间心灵错位的描述十分高妙。《紫儿》卷中，光源氏有一段时间身体不好（不过，他第一次见到紫上可正是在此期间），一脸憔悴地入宫觐见，葵上的父亲左大臣见状，把他带回自己的府邸。于是，久违的夫妇二人有了面对面的机会，但气氛却始终融洽不起来。

光源氏好不容易来到府上，葵上却不急于见他。终于被父亲催着见了面，她却"如画中人一般，正襟危坐，一动不动"，令光源氏感觉难以接近。她虽"美"，可心却无法沟通。光源氏希望他们能与"普通夫妻一样"，而两人的对话一再错位。即便光源氏进了卧室，葵上也不肯紧随其后，光源氏无奈地连连叹息。

根据这样的描述，葵上似乎给人以孤冷高傲的印象，事实果真如此吗？我认为，从某种意义上来说，葵上才是那个最爱（或者说最想爱）光源氏的人。

葵上初次见到光源氏时，就被他的俊美深深打动。从当时的社会常识来看，葵上的母亲身为公主，父亲身居一人之下，万人之上，她入主东宫才是最好的选择，无须下嫁臣子光源氏。但她却完全不在乎自己身价有多高，反而因为自己比光源氏年长而觉得配不上他。葵上是想全身心地、用一对一的关系的方式去爱光源氏。

葵上既然心怀如此情感，那么当她第一次与光源氏接触时，她当然能够凭借直觉感受到他身在曹营心在汉，也即他对藤壶的强烈思慕之情。如上文所引《紫儿》卷的场面，在两人见面之前，光源氏刚刚初次见到紫上幼小的身影，并为她容貌酷似藤壶而心猿意马。

久违的丈夫，已将他的心遗落别处。此时要求葵上像"普通夫妻"一样表现得高高兴兴，未免强人所难。当然，她并不清楚到底发生了什么事，但她的直觉感受到了一切。

实际上，当光源氏进入卧室，因为葵上没有马上跟进来而长吁短叹之后，他的思绪马上飞到紫上那里，心里不断思忖着：该怎么养育她呢？她年龄还太小，不宜与自己成婚，如果不管不顾，把她带回自家府邸的话……

在描述了光源氏与葵上相处的场面，以及一人独眠的光源氏的长吁短叹之后，紫式部紧接着描写了光源氏的心理活动，真令人拍案叫绝。紫式部的确是一位了不起的女性！

葵上衷心喜欢光源氏，可是这样的光源氏能够成就她的爱情吗？葵上见到他，在表达自己的所思所想之前，身体先变得僵硬。在当时的男女关系的状态下，葵上所追求的爱情，在现实中根本无法实现。

濑户内寂听的著作《女人源氏物语》，从物语中登场的女性的角度，对《源氏物语》进行了解读。此著作的论点与笔者这本书多有重合之处，令我感觉找到同道，备受鼓舞。在濑户内寂听的这本书里，《葵上讲述的葵①》以葵上独白的形式，讲述了她对光源氏的感情，其中所表达出的葵上的心情，与笔者的感受十分相似。书中的葵上在临终之际，以此结束了她的独白："那么，再见了，亲爱的！在这个世界上，我最最挚爱的亲爱的，再见了！"

葵上与六条御息所

我们上中学做几何题的时候，总是需要画辅助线。把文字题目图形化，辅助线如果画得好，问题就会迎刃而解。一条简简单单的线，就能给图形带来那么大的变化，帮我们找到解题的方法，真是

---

① 此处葵上和葵，指的是同一个人。"上"是尊称，相当于"夫人"。——译者注

令人赞叹。找到辅助线时的那种快感，大概会令很多人终生难忘。

解读物语时，我们也可以借助于辅助线。将某些事之间画条线连接起来，物语的构图便可为之一变。前面提到过我用"紫曼荼罗"一词来表达《源氏物语》的整体结构，只是构成此曼荼罗的要素之间，有各种各样的关系和动力机制在发挥作用，若要弄清它们，就需要画一些辅助线。

紫式部大概是根据笔者所推测的整体视角来展开故事的，所以对出场人物之间的关系做了巧妙的安排。因此，如果想画辅助线的话，应该可以画出各种辅助线，对我们阅读物语来说，也会增加很多乐趣。

谈到"妻子"，我们首先注意到葵上，那么与之相对的"娼妇"是哪一位呢？很多人会给出同样的答案：六条御息所。在新斋院[①]被除仪式[②]上，六条御息所与葵上的随从因停车位的问题发生争执。大家对这段故事情节耳熟能详。最后，葵上因为被六条御息所的生灵[③]附身而丢了性命。

两人之间的对立显而易见，即使不用什么辅助线，她们之间的关系也十分明了。但是，如果再深究一下，会不会有什么新发现呢？

首先是生灵。生灵到底是什么？当时的人们相信有生灵存在，我们现代人对此却难以接受。暂时把是否相信放在一边，我们姑且把物语中描述的有关生灵的事实作为事实来接受。

光源氏去看望因"物怪"[④]缠身而备受折磨的葵上，他挑开绢

---

① 斋院，是对服务于贺茂神社的神职女性的称呼，也称斋王。在天皇皇位更迭之际，从公主或皇族未婚女性中选出一位担任。——译者注
② 被除仪式，指的是斋院赴神职之前，须在贺茂川中洗净俗人污浊的仪式。——译者注
③ 人在活着的时候灵魂出窍，危害他人。此时出窍的灵魂被称为生灵。——译者注
④ 死人魂魄或者活人灵魂出窍危害他人，合称为物怪。——译者注

屏风的帘布，向近处探看，葵上的美丽身姿映入眼帘。光源氏不由得对她怦然心动，柔声安慰。然而，葵上的声音和感觉突然发生了变化。

郎君快把前裾结①，系我游魂返本身。

她吟咏此和歌时的样子竟和六条御息所如出一辙，光源氏惊呆了。六条御息所的生灵央求他：请把前裾的衣角打个结，把我游荡的灵魂送回我的身体。

如果我们不相信有生灵存在的话，那么，和歌中"游荡的灵魂"就应该是葵上的。也就是说，葵上不是被六条御息所的生灵附身，而是葵上的灵魂在以六条御息所的生灵的形式倾诉衷肠。

按照深层心理学的理论，也就是葵上无意识领域的心理活动，以六条御息所生灵的形态被最恰切地表现出来。换言之，葵上在其无意识中，也和六条御息所一样对光源氏充满强烈的怨恨与愤怒，但碍于她的骄傲而没有浮现于表面。现在，这一切都借由六条御息所生灵的形态得以彰显。

有趣的是，葵上死后，坊间传言六条御息所将会成为光源氏的正妻（《杨桐》卷）。即是说，从六条御息所的身份来看，人们认为她有资格做光源氏的正妻。但是她比光源氏大七岁。葵上只比光源氏大四岁，却一直对此耿耿于怀，与她相反，六条御息所似乎对此毫不介意，并且还考虑过自己成为光源氏妻子的可能。

以此来看，两者的关系如图所示，六条御息所成为光源氏之妻

---

① 穿和服时，左右两片衣服在身体前面重叠，古人认为把里面那一层的衣角打结，可以防止灵魂出窍。——译者注

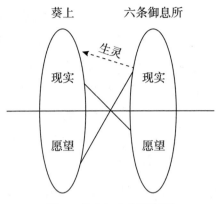

图 6　葵上与六条御息所

的愿望在葵上的现实中实现（图6）。这一点比较容易理解。葵上的愿望深埋在连她自己也不清楚的内心深处，那里充满对光源氏的怨恨之情，甚至到了杀之而后快的程度。或许她意识到了自己内心的妒忌，但一定克制住了那种强烈的情绪。不过，她大概也希望自己能像六条御息所那样，活出强烈的情感。因此，这些情绪才以六条御息所生灵的形态表现在她身上。

我认为在葵上与六条御息所之间画一条辅助线，不如用两条辅助线连接起来更有助于看清全貌。有意思的是，这两条辅助线并不对称。

以上是基于葵上与六条御息所之间画辅助线的思考，如果在葵上与她的侍女中纳言君之间再画一条辅助线的话，我们会对葵上的苦恼产生更深刻的感受。下面对此略做分析。

物语中"雨夜品评"①的情节为大家所熟悉。"雨夜品评"后第

---

① 光源氏17岁，已婚。夏夜，与其他三人闲聊，对上、中、下三个贵族等级出身的女性品头论足。光源氏受此启发，涉足中等贵族家的小姐们。——译者注

二天，光源氏造访左大臣府邸，换句话说，就是去见葵上。受到头一天晚上谈话的刺激，光源氏前来访妻，他看到葵上"府邸及其本人皆端庄秀丽、高贵典雅，纹丝不乱"。面对完美无缺、气质高贵的葵上，光源氏却因为她过于一本正经而难以坦陈心声，于是和身边的中纳言君等侍女插科打诨起来（《帚木》）。

说到底，光源氏与这个中纳言君之间存在性关系。葵上身边一个叫中将君的侍女也是同样情形。也就是说，在难以接近的女性的阴影中，存在着易于接近的女性，这就是她们所承担的功能。

如果能将葵上与中纳言君合二为一，那便是光源氏所希求的女性，但这是不可能的。作为一个内心无比骄傲的妻子，葵上在身为正妻的骄傲与悲哀中，留下一个刚出生的男婴，永别人间。

末摘花的自我分裂

说到娼妇，上文提到的中纳言君和中将君皆属此类。由于当时存在严格的身份观念，她们绝无可能成为光源氏的妻子。这样的女性还有很多，但她们都是近乎无名的存在。紫式部最关心的是光源氏与那些是妻子还是娼妇的难辨身份的女性，或者机缘巧合有可能成为他妻子的女性的关系。因此，对于有些女性，很难确定应该把她们归入妻子还是娼妇的范畴，末摘花就是其中的典型人物。

《末摘花》一卷的开头写道，光源氏尚未走出对已逝夕颜[①]的怀念，再加上被空蝉[②]成功逃脱自己的追求，正无聊至极，一个名叫

---

① 夕颜是《源氏物语》中一位柔弱、对光源氏全身心信赖的女性，后被疑似六条御息所的生灵夺去性命。——译者注

② 空蝉在丈夫死后被继子纠缠。光源氏在某次因方位吉凶借宿空蝉府上时，潜入她的房，结下一夜姻缘。之后光源氏想继续接近空蝉，但空蝉认为自己配不上他，想办法在他进入自己的卧室时逃脱。——译者注

大辅命妇的"甚为好色之年轻女子"告诉他，已故常陆亲王有一位精心养育的小姐，如今寂寞独居，常常以琴为友。光源氏立刻被这番极具好色女性风格的话吊起胃口，在她的安排下，去听小姐弹奏和琴。

"轻抚和琴之声隐约可闻，颇具情趣。虽技法欠高明，然因和琴本身声色超群，故亦无不可入耳之处。"这段描写可谓精妙，它很好地表现了光源氏对弹琴之人的感觉：隐约可闻的琴声很美，但是弹得算不上好，不过也不至于听不下去。既觉得难以舍弃，又不是必不可少。

光源氏本想悄悄离开，却惊讶地发现头中将也在，原来头中将也尾随前来，这一点后面再详细展开讨论。总之，光源氏由此产生与他竞争末摘花的心理。所以，光源氏采取了远远大于他对末摘花的情感的积极行动，频频写信求爱，却从未得到对方的回复。情急之下，他强行进入末摘花府邸，与她结成姻缘。

此事出乎末摘花意料，羞耻畏惧至极。光源氏虽然先是强行接近她，但后来不知是否因为热情消散，就连翌日的后朝书简[①]也送迟了，更提不起再次来访的兴趣。

考虑到对方"亲王之女"的身份，光源氏此等行为实属太过任性无礼。不过从那以后，光源氏有时也会前往造访末摘花。平常总是夜来朝走，暗夜里看不清对方的样子，他希望有朝一日能清楚地看到对方的样貌。然而，当这个愿望实现的时候，光源氏却备受打击。末摘花不仅相貌奇丑，而且鼻子长得像"普贤菩萨的坐骑"——也就是大象的鼻子——一样长，鼻子很尖，还是红的。尤

---

① 平安时代实行走婚制，男性与女性的婚姻须符合一定礼仪程序才能成立。共度第一夜之后，男性第二天应写一封书信给女方，称为"后朝书简"。之后，男方再连续两天到女方家过夜，才算是一个完整的结婚程序。——译者注

为可怜的是,因为家境破落,她身上的衣服虽有些来历,却是古旧而夸张。光源氏大失所望。

不过,此后的事情才是重点。年末,末摘花送给光源氏一个衣箱,里面放着一件衣服,原来是为他准备新年第一天穿的盛装。这件事说明,末摘花(及其侍女)认为她是世人所公认的光源氏的妻子之一。而实际情况是,光源氏对附在礼物上的和歌之蹩脚、衣物款式之老旧颇为嫌弃。

光源氏赠送给末摘花的礼物及和歌,与末摘花相比,水平不可同日而语。末摘花的侍女们却自认为,她们送的礼物与光源氏不相上下,和歌则是公主之作,更胜一筹。由此可见,那些虽家境破落,却依然按照过往陈旧礼仪生活的人们的骄傲。

倘若在妻子与娼妇之间加一条辅助线的话,可以看到,末摘花本身发生分裂,化成此两者(图7)。光源氏对她的感觉是"娼妇",而她对自己的认知明显是"妻子",这源于她作为皇室宗亲的矜持。但另一方面,她家境贫寒,容貌丑陋。紫式部描绘出这种认知错位所带来的滑稽感,甚至令人不由得质疑她的笔触过于残忍。

这种错位想必在当时实际存在,并成为那些长舌侍女闲聊的话题,她们大概也会干些偷偷嘲笑别人像"普贤菩萨的坐骑"之类的事情。或许紫式部身处她们之中,不由自主地口出辛辣讥讽之语,令在场的人捧腹,这时她却忽然惊愕地发现自己的身体里也有一个末摘花般的存在,自己如此嘲笑他人是否恰当?

基于这样的觉察,紫式部在描绘末摘花这一形象时,在某些地方有一种近乎自虐的快感。过后,她大概又觉得自己做得太过分,

图7 末摘花的形象

于是在此番反省之下，在《蓬生》一卷中描绘了光源氏重访早已忘在脑后的末摘花，两人的交往关系得以恢复的情景。

但光源氏并没有觉得有把末摘花一举从娼妇的位置提升到妻子位置的必要。他没有将末摘花迎入他自己和其他女人一起居住的六条院府邸，而是把她迁入二条东院府邸①，可以看出，他采取了将她的身份定位在妻子与娼妇之间的折中方式。

"贤内"花散里

比《源氏物语》稍早问世的《平中物语》之《十八不可信赖的信使》一节中，最后出现了"贤内"的字眼。这一段讲的是一个男人通过中间人，给一位出身于公卿家庭的贵小姐不停地送去求婚和歌的故事。不仅中间人是"不可信赖的信使"，而且贵小姐本身也不擅长吟咏和歌，事情只好不了了之。

故事结尾一句写道，"后来据说顺利成为他人贤内"，所谓"顺利"大概是说没有经历恋爱的曲折，而所谓成为"贤内"则给人以满足于一家之主妇的感觉。它与"好色"的生活方式堪称截然相反。

《源氏物语》中也有对光源氏来说相当于"贤内"的女性，承担这一角色的最重要的人物是紫上，但是紫上的形象和意义比较复杂，远非一个"贤内"所能概括。说到众人印象中可谓之"贤内"的人物，还是非花散里莫属。此外，比她稍微华丽一点的明石君，也可算作一位。

花散里是桐壶天皇的女御（丽景殿女御）的妹妹。一如他的惯

---

① 六条院府邸，是光源氏为他自己和那些对他来说意义重大的女性修建并居住的地方。它以春夏秋冬布局，分别住着紫上（后来三公主迁入春殿）、花散里、秋好中宫和明石君。而二条东院府邸，则是光源氏的父亲桐壶天皇留给他的住处。——译者注

常秉性，光源氏虽然对花散里并不是十分倾慕，但也与她保持着若即若离的关系。光源氏似乎能够在与花散里的关系中，感受到心灵的放松。退居须磨之前，他特地拜访了花散里。

从须磨回到京城之后，光源氏把桐壶上皇留给他的遗产二条东院加以改建，让花散里——还有其他女性——居住在那里。光源氏闲暇时会去造访，但"从未留宿此处"，也就是说，他们之间已经不存在男女关系。

不过，花散里丝毫不为此烦恼，过得悠然自得。她"认为我命如此"，看透了自己的命运，生活得淡然安宁。大概光源氏也觉得这是一种了不起的能力，所以他对花散里的关照不亚于紫上，因此无人敢轻视她（《薄云》卷）。

光源氏对花散里的信赖日盛一日，最后把自己的儿子夕雾交给她抚养。光源氏建好六条院后，花散里与紫上一起迁入（末摘花仍留在二条东院），她居住在夏之庭中。而且值得注意的是，紫上和花散里总是共同承担一些事务。

紫上与花散里之间似乎并无相互嫉妒之意，大概是因为花散里觉悟到"命该如此"，只想一心做好"贤内"之职，全无以"女人"的身份与紫上争风吃醋的愿望，可以说她是一个"贤明"的女性。花散里是夕雾的养母，从心理上来说，她对光源氏也发挥着母亲的作用。

"父之女"明石君

那么，明石君是怎样的呢？她是独生女儿，父亲（明石入道）一直以来将家族复兴的梦想寄托在她身上。光源氏退居须磨期间，父亲一心想促成她与光源氏的婚姻，但是，事情发展得不是十分顺利。尽管父亲强烈希望她与光源氏结合，明石君考虑到自己的身份，心中非常纠结。

最后，光源氏造访明石君，两人结为姻缘。但是她对自己与光源氏"身份不相称"的苦恼却一直挥之不去。

光源氏屡屡与留在京城的紫上互通信件，倾诉思念之情，同时又与明石君发生关系。他有些担心，如若紫上风闻此事会做何感想。

光源氏想到此前紫上也曾因为自己与其他女人的交往而痛苦，便写了一封信给她，信中隐约提到明石君。其中表现了光源氏于心不安的辩解，在此引用如下：

> 回想因我起无意之念，令你怨恨，痛悔不已。却不曾想近来又做一奇怪无聊之梦。如今不打自招，坦诚之心尚请理解。誓言不忘。（《明石》卷）

光源氏在信中告白说，他只要一想起那些令紫上讨厌并疏远自己的事情（与其他女性发生关系）就十分痛苦，可是现在又做了一个"奇怪无聊之梦"，并希望对方因为自己如此开诚布公而了解自己的一片赤诚之心。这番话未免过于自私。

最后的"誓言不忘"是借用古诗歌之句，强调自己对紫上的深情一如既往，丝毫未变。但是，身在京都的紫上看了这封信做何感想呢？

与对花散里的感觉不同，紫上非常嫉妒明石君，对光源氏也非常怨恨。不过，事情突然发生变化，天皇下达了对光源氏的赦免诏书，光源氏即将返回京城。此事令明石君陷入苦恼之中，虽然光源氏也深情款款，欲与她共担离别之苦，但对明石君来说于事无补。可怜这对明石父女，其心中苦痛难以估量。

对于明石父女来说，一大幸事是明石君怀上了光源氏的孩子。明石君后来生下一个女孩，当时的贵族最渴望的事情就是生养一个出类拔萃的女儿，将来女儿入宫侍奉天皇并生下皇太子（实际上，后来这一切都在物语中实现了）。

在此期间，虽然有很多事让明石父女痛感他们与光源氏之间身份相差太大，但思前想后终于下定决心，明石君带着小女儿来到京都，住进自家修建的大堰宅邸。这一切体现的都是明石入道（明石君的父亲）自身意志的实现，明石君则在恐惧与不安中，追随着父亲的意志。

妻子的功能多种多样。作为光源氏的妻子身居中心位置的当属紫上，但是光源氏的"妻子"不限于一人，其中承担"贤内"角色的女性是花散里。

而明石君则承担着生育孩子的任务。不过明石君并没能和光源氏一起养育孩子，光源氏提议把孩子送给紫上做养女。明石君虽然对亲生骨肉有百般不舍，考虑到女儿将来的幸福还是同意了。

明石君的抉择在某种意义上是正确的，因为她的女儿明石小姐后来成为中宫。但是仔细想来，这些事情都是依照她的父亲明石入道的愿景在向前推进。

明石君虽然是光源氏的妻子，但是比起"妻子"，她的人生角色更大程度上是"父之女"。由此可见，紫式部分别对每一位女性的特点予以细致的刻画，尽管她们都是光源氏的妻子，每个人的特点却截然不同。

正如第二章中探讨过的，"父之女"这一概念蕴含着多种含义。对于明石君而言，此处"父之女"的意思就是体现父亲愿望的女儿。她代表的是平安时代的"父之女"，其行为内容与现代美国大相径庭。

父亲的梦想借由明石君一步步变为现实,她的女儿不负众望生下一个男孩。虽说此时的明石小姐还只是东宫太子的女御,儿子也只是太子的儿子,然而明石家族的未来繁荣可以说已经指日可待。当此之际,明石入道决定离家入山,断绝与尘世的一切联系。

这就是老人的智慧。假设当一切顺风顺水发展的时候,明石入道滞留尘世,比如来到京都,会有什么结果呢?他心中对结局早已了然。一方面,可以说所有的事情都是围绕他的意志在推动,但是如果换一个角度,我们也可以说,是父亲为女儿(明石君)的幸福做出了牺牲。

明石女御带着儿子回到东宫身边,明石君与光源氏促膝交谈,对紫上的关照表示感谢,感叹身份低下的自己竟能有今日的幸福。然后,她加了一句,"只是想起那闭居深山之人,心中不由悲伤"(《新菜上》卷),可谓意味深长。

或许紫式部是想告诉我们,世上没有百分之百的幸福。

光源氏的"妻子"当中,最重要的两位是紫上和三公主,后面会对她们两人详加探讨。现在我们先讨论一下"娼妇"。

四 "娼妇"的位置

《源氏物语》的时代,自然也有妓女。《航标》一卷提到,光源氏去住吉参拜,回程途中逍遥冶游,"妓女云集"。当然,文中描述光源氏对其轻佻感到厌恶。需要说明的是,本文此处所探讨的"娼妇"与此类妓女意义不同,它指的是物语中那些与光源氏有性关系,但没有被给予"妻子"待遇的女性。

首先,我们来看一下那些与光源氏特别亲近的葵上和紫上的侍女,比如葵上的侍女中将君,她与光源氏有性关系,并且时不时出现在物语的某些场景中。

光源氏退居须磨期间，中将君成为紫上的侍女。光源氏回到京城后，两人死灰复燃。葵上的另一个叫作中纳言君的侍女，扮演着与中将君相同的角色。这些女性由于身份差异过大，绝对不可能与光源氏拥有对等的男女关系。她们是在这一前提下，接纳与光源氏的关系的。

比较麻烦的是，物语中还有其他称作中将君、中纳言君的女性，有时很难判断她们究竟是否为同一人。紫上去世以后，光源氏曾与那些他平日格外亲近的侍女恳切交谈，怀念紫上（《魔法使》卷①）。

中将君、中纳言君即在这些侍女之列，此处的中将君与前文的中将君当为同一人，但中纳言君是否为同一人，不是十分明确。

我认为，这些女性可以列入"娼妇"的分类，但应该把她们和后面将要谈到的那些明确作为"个人"存在的女性区分开来。尽管如此，意识到光源氏周围存在一类这样的女性，仍然是非常重要的一件事。

与上述女性不同，接下来我们要探讨的女性，可以说她们都具备成为光源氏"妻子"的资格。如前文所述，在末摘花心里，她确信自己铁板钉钉就是光源氏的"妻子"。而六条御息所也以为自己能够成为光源氏的"妻子"。

关于藤壶，我们已经讨论过了。从出身来说她或许可以做光源氏的"妻子"，不过由于她是光源氏的父亲桐壶天皇的女御，因而失去了成为光源氏妻子的可能性。尽管现实如此，光源氏依旧对她心生恋慕，竟至发生性关系。

---

① 卷名根据丰子恺译文。此卷日文原名为《幻》。——译者注

但藤壶的"娼妇"属性与其他女性相比,有很大不同,如果将她与后面在"女儿"分类中要谈及的三公主做对比的话,她的特点就会凸显出来。在表示与光源氏的关系的曼荼罗图示中,她们两个处在相对的位置。

与她们两人不同,当我们把空蝉、夕颜、胧月夜放在一起看的时候就会发现,虽同为"娼妇",她们无论是个性还是与光源氏的关系均各不相同。紫式部对自己内心的女性群像描写之细致传神,令人叹服。下面将依次对这几位女性更详细地加以探讨。

在展开个体探讨之前,我再对之前提到的侍女赘言几句。除了上文所说两位侍女之外,还有一位名叫中务的,她也是葵上身边的侍女,作为光源氏说玩笑话的对象在物语中登场。光源氏的侍女中也有一个叫中务的,后来成为紫上的侍女。不知道这两位中务是否为同一人。

总而言之,这些侍女与光源氏的关系不对等,不过也正因为不对等,它才令人感到放松,不拘谨,这反而是一种能让光源氏的感情自然流露的关系。当时的贵族男性面对妻子时,比较讲究规矩礼仪,而对这些侍女则怀有温馨如家的感情。倘若如此,这些女性则兼具现在的母亲与妻子的双重功能。

空蝉的处事方式

在与光源氏有性关系的众多女性中——这里指的是分类为"娼妇"的女性——第一个出场的是空蝉,可谓极具象征意义。所谓空蝉就是蝉蜕,只有空壳,壳中无物。不过这个被称为空蝉的女性,从她的人生状态来看,她绝非"空洞"之人,说她是一个具有坚实的存在感的女性才更为恰当。

那么,空洞的是谁呢?应该是她的关系对象光源氏本尊。从此以后，光源氏与很多女性发生关系，而正如前面已经指出的，他的本质却是空洞性。空蝉的登场正是为了彰显这一点。

光源氏在听那段著名的"雨夜品评"时，心中一定在暗自思忖：我也要来个冒险。左马头①所言"那些世人不知，寂寥荒草深处之家，竟有楚楚可怜之佳人暗度时日，实乃无上美妙"（《杨桐》），恰切地表达了存在于所有男性内心的一种期待。光源氏想来也心怀同样的期待。

为避开凶险方位之故，光源氏借宿纪伊守家，适逢纪伊守的父亲伊予介的年轻后妻（空蝉）也在纪伊守府上。她是卫门督的女儿，婚前曾经考虑过入宫侍驾，后因父亲去世而未能如愿，最终成为伊予介的后妻。侍女们的闲聊声传入光源氏耳中，他意识到空蝉的住处距离自己咫尺之遥，于是尝试打开隔扇门的门钩，却发现对方的门钩没有挂上。光源氏趁此机会悄悄进入空蝉卧室，结成一夜姻缘。

其时，到底是解开了门钩还是忘了闩门？是谁干的？总之，在光源氏看来，这说明空蝉警戒心不足，因此他接近她时的态度非常随便。但令他意外的是，她给他的实际感觉，竟是那般小心谨慎。

光源氏被空蝉深深吸引，很想与她再度相见，苦于没有联系的办法。于是他对纪伊守说，自己可以照顾空蝉的弟弟小君。他是想以小君为媒介，为自己创造与空蝉见面的机会。然而空蝉考虑到自己的身份，拒绝与他再次见面。

男人受到拒绝就会更加欲罢不能。光源氏利用小君强行进入空蝉房间，空蝉觉察到事情不对，来不及穿上单衣便匆忙逃出。空蝉的继女轩端荻——其实她们两人的年龄相仿——与她同睡一个房

---

① 官职名，代指人。光源氏的朋友。——译者注

间,不明就里的光源氏最终与轩端荻糊里糊涂地成就了男女之事。后来光源氏发现认错了人,带着空蝉留下的单衣打道回府。

　　此处非常重要的一点是,空蝉一方面被光源氏的魅力深深打动,另一方面醒悟到耽溺其中的危险,而选择从光源氏身边逃离。这不是简单的逃脱,而是深深的纠结。她留下的单衣就是很好的象征,因此光源氏才会把它带回家。

　　或者说,与光源氏成就好事之后期待他再次来访的轩端荻,表现了空蝉隐而不露的另外一半。但是不管怎么说,空蝉在深受光源氏吸引的情况下,还能坚决地拒绝他,说明与她的名字"空蝉"相反,她实在是一位坚定有主见的女性。

　　对于如此表现的空蝉,光源氏"深以为她冷淡可恨,却又难以忘怀"(《夕颜》卷)。在此期间,光源氏曾去访问久未见面的六条御息所,又时不时思念刚刚开始交往的夕颜。"深以为她冷淡可恨,却又难以忘怀",此言出现在这种状况之下,足以说明光源氏对空蝉念念不忘的内心执着。之后,夕颜一夜暴毙,光源氏一病不起,空蝉送来慰问和歌,光源氏也立刻予以回应。

　　接下来,空蝉的丈夫伊予介前往地方任职,她与夫随行。光源氏送给她丰厚的钱别礼物,并将单衣物归原主。此行为具有很强的象征意义,它表明光源氏一方面收敛了自己对空蝉的感情,另一方面又希望两人今后继续保持某种联系。

　　光源氏面对空蝉的离去,感叹道:"此人意志坚定,非寻常女子可比,着实不可思议,如今竟弃我而去。"(《夕颜》卷)这一番话应当是光源氏意识到自己内心情感的变化之后有感而发——他把手伸向比自己身份低下的女性,原本不过出自戏谑之心,结果却渐渐涌起尊敬之意。因此,两人的关系并未就此断绝。

　　《关屋》一卷较短,却是专门为空蝉单设的一卷,卷中描述的是空蝉审时度势，极具个人风格的行为方式。比如，空蝉随卸任的丈夫回京途中，在逢坂山偶遇光源氏时，仅与他互赠和歌。后来空蝉丈夫去世，受到继子纠缠时，她避而出家。每次面临问题，她总能清晰地做出判断和应对。光源氏或许出于钦佩之意，将成为尼姑的空蝉接入二条东院加以照拂。

对于整个物语来说，空蝉并不重要，但作为作品人物来说，她具有如上重要意义。能够用辅助线与她连接的女性很多，末摘花首当其冲。如前图（图7）所示，末摘花自以为"妻子"，而光源氏却以她为"娼妇"，彼此认识的误差，由是产生一些滑稽之处。

空蝉与末摘花相反，她十分清楚自己的身份，明白自己不可能成为光源氏的妻子，并在此前提下确立了自己的行为方式。光源氏也知道，空蝉作为一介地方官的妻子，他绝无可能娶她为妻，但在他心中，空蝉赢得了他的尊敬，他把她上升到与自己对等的位置（图8）。末摘花与空蝉共同居住在二条东院，也是非常耐人寻味的一件事。

在为人处事"清楚自己的身份"这一点上，明石君与空蝉相同。不过，明石君不仅有父亲明石入道对她的经济援助，而且育有一女，所以在曼荼罗图中她作为妻子处在与娼相对的位置。

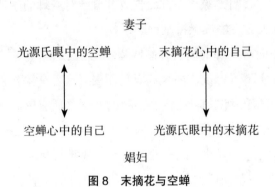

图8　末摘花与空蝉

作为凸显空蝉与明石君之相似性的一种手段，物语中写到明石君看到住吉参拜途中的光源氏，而空蝉则在逢坂山与光源氏互赠和歌。紫式部本人也是"明事理"的女性，如果说她描绘的这两个人是她自己的分身，倒是非常有趣的事情。

留在异界的夕颜

可以与空蝉之间画一条辅助线的人物，还有夕颜。她与空蝉相同的地方，一是出身都比较低，二是虽然与光源氏交往的时间短暂，但对他的影响都很大。尽管她们之间存在着上述的共通点，但是她们两人的性格迥然不同。空蝉是一个与自己的名字意义相反，十分坚定有主见的女性；夕颜则与空蝉形成对照，人如其名，柔弱无常。

光源氏前去看望生病的乳母，被她邻居家墙根盛开的夕颜所吸引，命随身侍从去采摘几朵，这时，邻居家走出一个侍童，送来一把上面放着夕颜花的扇子。光源氏探望过乳母之后，看到扇面上写着一首和歌：

夕颜凝露容光艳，料是伊人驻马来。

这首和歌不仅沿用了古歌措辞①，而且猜到了光源氏的身份，趣味十足，引起光源氏的兴趣。据光源氏的侍从惟光说，这家的女性是入侍宫中的。"光源氏心想：看样子这首和歌是熟练应对的得意之作，想来她们的身份不见得有多高贵。不过既然特地赠诗与我，

---

① 这首和歌的第一句借用了《古今和歌集》中的和歌："心中且思量，白菊覆白霜，当折不当折？"——译者注

那我不妨……"(《夕颜》卷)光源氏心里暗想：身份不相称，却做出似乎一向熟识的举动，这可真是……。这样想的时候，他的脑海里一定浮现出空蝉的身影。不过，光源氏最后决定隐瞒自己的身份造访夕颜。从此，他沉溺其中不能自拔。

夕颜与空蝉相反，她接受了这段关系，但并非积极主动地接受，而是一味地被动跟随。她有一种纤弱之美，给人可爱又可怜的感觉。光源氏越发对她钟情，从早上离开夕颜处到晚上再回来之间的整个白天，时时刻刻心系夕颜，魂不守舍，甚至动了要把她接到自己府上的念头。

光源氏欲与夕颜充分享受浓情蜜意的美好时光，于是带她到一座废弃的宅子里过夜。在这里，光源氏第一次亮明自己的身份，而女方依然保持神秘。不久，"物怪"现身，夕颜命归黄泉。悲伤的光源氏在惟光的帮助下，对此事做了妥善处理，以防惹祸上身。这段关系可谓短暂无常，然而夕颜却在光源氏心中留下无法磨灭的印象。

夕颜明明性格内向而柔弱，为什么开始时会主动赠送和歌给光源氏呢？这种行为可以命名为"内向者的决心"，即内向的人平时不爱张扬，优柔寡断，但当他们觉察到自己的内心需要而付诸行动时，其行为之决绝常常会令周围的人惊诧不已。

将夕颜与空蝉相比较就会很清楚地看到这一点。空蝉根据自己的"是非判断"采取强有力的行动，而夕颜则是在抛弃"是非判断"的基础上采取强有力的行动。如若只看其开始时的行动，夕颜是非常积极主动的，但之后，她却完全陷入被动的状态。而空蝉则是开始时被动无奈，之后变为主动拒绝。

悲剧发生在光源氏表明自己的身份之后，这种形式与日本的民间传说《鹤妻(夕鹤)》相仿。《鹤妻》中，女性被识破自己的原形是一只鹤之后，引发了悲剧。像夕颜这样的女性，正如她主动与光源氏打招呼这一行为所表明的，其背后是命运的操纵，她所处的世界与日常世界互不兼容。在她的世界里，所谓身份等的日常性的常识毫无意义。

然而，当光源氏与她的情感越来越深厚的时候，他试图将她带回日常世界。如果这一愿望变为现实，只怕会带来更大的灾难，即光源氏自身的毁灭。但是光源氏并没有发现这一点，他的意识一味倒向把夕颜带入日常世界之中。

紫式部的笔锋之锐利，在《夕颜》一卷中发挥得淋漓尽致。此卷虽然名为《夕颜》，实际描写了很复杂的内容。比如将光源氏与空蝉、六条御息所的交往穿插在他与夕颜的故事之中，以及光源氏想把夕颜接入二条东院的想法、在心中将六条御息所和夕颜暗作比较等。也就是说，在光源氏心中，他逐渐将夕颜与现实世界连接起来，并在最后将自己的日常姿态呈现在她面前。这个过程的描写十分精彩。

为了避免引起更大的悲剧，唯有以夕颜的死亡来解决，她是一个最终必须留在异界的人。导致她死亡的物怪，其实是超越了光源氏与夕颜的意识，为守护他们的世界免遭日常世界破坏而出现的那个X。紫式部非常巧妙地留下一个谜团，以这个X在现实世界中找不到可以对应的女性的形式结束了此卷故事。

空蝉彻底留在"此世"度过一生（当然，她最后选择出家），夕颜的一生则贯彻了异界的生活方式（尽管她因此而丧命）。如果将六条御息所置于中间位置，把她们两人分别放在其左右两侧的话，就会清楚地看到"娼妇"所具有的多样性。

这种手法与在探讨"母亲"时，将桐壶置于中间，左右搭配大公主和弘徽殿女御的方式相同。只不过这三位身为娼妇的女性，令人有压抑之感。其实"娼妇"中也有性格开朗的女性,这一点紫式部并未忽略。下面对此略做探讨。

源典侍与胧月夜

也有很享受与光源氏的交往关系,却无意做他妻子的女性,她们就是源典侍和胧月夜。她们两人与自始至终遵循是非判断的空蝉形成对照,同时,她们两人本身也形成一种对照。从年龄上来说,源典侍年老,而胧月夜年轻;从身份来说,胧月夜身份高贵,而源典侍比她地位低下。如果胧月夜愿意,她完全具备成为光源氏妻子的条件。从文本的描述来看,紫式部在写这两个人的故事的时候,文笔变得十分轻快。

首先来看源典侍。此人已上了年纪(五十七八岁),物语中描述她"出身荣贵,才艺优越,人望亦高"(《红叶贺》卷),可见她是一位才气颇高、优雅又受众人尊敬的女性,不过她生性好色,举止轻佻。

光源氏平素不与宫中女官搭讪,然而源典侍到这般年纪尚能如此好色,这一点足够引发他的好奇心,于是主动来挑逗她。源典侍一看大喜,立刻赠送和歌。光源氏虽觉得无聊却又与她暗中交往,两人打情骂俏的场面不巧被朱雀帝看到。此事传出,头中将不甘示弱,他也立刻开始接近源典侍。

在末摘花身上也发生过同样的事情,现在头中将又跻身于此。有意思的是,它不是以两个男性争夺一个女性来呈现,而是以共存的方式呈现。此点下一章中详论,总之,头中将这一次的行动十分决绝。

光源氏与源典侍在一起的时候,头中将悄悄走进他们的房间,还拔出了身上的佩刀。光源氏吓了一跳,源典侍也向头中将合掌叩头，请求他不要这样。头中将憋着笑继续威胁他们，光源氏很快看出端倪，有些生气，于是两人陷于一场恶作剧般的乱斗，直弄得衣服破烂不堪。

通观《源氏物语》整本书，拔刀场面的描写只有两处，一是此处，一是光源氏和夕颜在一起时，他面对物怪出现而拔刀。令人不禁感叹这部物语中的"争斗"场面何其少！但也正因如此，头中将此时的恶作剧，意义非同一般。我感觉紫式部应该也非常享受这一段。

当下具有代表性的两位年轻贵公子，争相获取一个老女人的青睐，说句玩笑话，在紫式部的分身中，年老却自以为年轻的娼妇形象想必呼之欲出。

此后源典侍尚有几次出场，光源氏每次都避之不及。相关内容此处略去不谈。

再看胧月夜，她也是一位活得非常自由的女性。胧月夜是右大臣的第六个女儿，弘徽殿太后的妹妹。按照当时的常规来说，她具备入宫近侍，有朝一日成为一国之母的条件，然而她的性格不允许她依常规行事，她想自由地活出属于自己的物语。

胧月夜的登场方式极为飒爽。宫中花宴结束后，夜深人散，光源氏四处徘徊，寻找与意中人藤壶接触的机会。正当此时，他发现弘徽殿的廊房门开着，便信步走了进去，听到"一个非常娇嫩和美妙的声音"（《花宴》卷），一位女子一边吟诵着"朦胧春月夜，美景世无双"的诗句，一边朝他走来。

光源氏喜出望外，一把拉住她。她虽然惊恐，但知道对方是光源氏之后，便稍微安下心来。酩酊大醉的光源氏觉得空空放过她太可惜，而"女方年轻幼稚，性情温柔，无力抗拒"，于是两人终成好事。光源氏心想认识她以后如何与她联络，而女方担心的是，以后会产生麻烦，不肯告诉他自己的真实身份。

这件事对胧月夜来说，是一件不得了的大事，因为她的父亲右大臣和姐姐弘徽殿太后，本来计划让她成为东宫太子的女御，这件事情的发生将会毁灭她的"出人头地物语"。但胧月夜却不以为意，从那以后，她一直恋慕着光源氏，甚至冒着很大的危险，时不时地与光源氏相见偷欢。

那么，她为什么不干脆做光源氏的妻子呢？当然，右大臣曾有此考虑，却遭到弘徽殿太后的反对。但最重要的原因，应该是胧月夜自己没有这种想法。

胧月夜想要在此世成就一种此世无双的爱情，而且她具备实现这一梦想的刚强与能力。这一点与夕颜完全不同，夕颜没有这般刚强。葵上虽然与胧月夜不是同一类型，她也梦想能与光源氏拥有此世无双的爱情。但是，葵上在实现梦想的过程中，被深深地困在"婚姻"这一牢笼中，又找不到脱离困境的办法。葵上除了早早离开"此世"之外，对一切都无能为力。

照此推理，可以清楚地看到，胧月夜没有与光源氏结婚的想法。她一方面身为尚侍，蒙受圣宠；另一方面与光源氏保持着秘密的交往，一路走来，如同在钢丝上舞蹈。

耐人寻味的是，朱雀帝察觉到胧月夜与光源氏的关系后，认为"如此心交，对两人并无不相称之处"（《杨桐》卷），即以光源氏与胧月夜均出类拔萃，两人非常相配来勉强说服自己，对他们的关系予以默许。

连天皇都要让着他们几分，可见这两个人能力了得！他们"此世无双的爱情"得到了此世的权威人士天皇的默认。然而，或许他们两人此时心生骄矜之故，行动有些大意。

光源氏与胧月夜密会时被她的父亲右大臣撞见，右大臣盛怒之下告知弘徽殿太后，纸里再也包不住火。弘徽殿太后十分痛恨光源氏，企图借此机会打倒他。光源氏明察秋毫，主动谪居须磨。这是光源氏一生中最大的危机。

事情对于胧月夜来说，也好不到哪里去。她虽然人有些消沉，但是就此认输不是她的性格。无论在光源氏离京赴须磨之前，还是他谪居须磨期间，胧月夜一直与他互通消息。而且，她竟能坐回尚侍之位，依然如故，蒙受天皇恩宠，真是个不简单的人物！

光源氏从须磨回京之后的细小插曲略去不提，话说朱雀帝退位后出家，胧月夜也随之出家。值得注意的是，在胧月夜出家之前的那段时间，光源氏又和她发生瓜葛。两人的关系可谓"抽刀断水水更流"。

光源氏悄悄暗访胧月夜的场面在《新菜上》卷中有极其细致的描写，它生动地表现了胧月夜一方面感到"事到如今"的无奈，另一方面毫不掩饰自己对光源氏的倾慕之意。彼时光源氏所作和歌：

  为汝沉沦终不悔，重寻爱海欲投身①

表达了他的心声。虽未忘记曾一时陷入谪居须磨的逆境，依旧心甘情愿再次投入爱情的深渊。尽管脑海中重叠着紫上、朱雀上皇的身影，他们两人仍旧不顾一切地投身爱海。但是，这一次并没有发生像以前那样的危险，因为两人的态度里除却了骄矜。

不久后，胧月夜出家，出家后两人之间也有书信来往。胧月夜尽管最终出家，但她的一生可谓畅快淋漓。对她来说，不与危险结伴而行的人生，是没有意义的人生。因此，她主动选择了"娼妇"

---

① 此句和歌根据丰子恺先生的译文。——译者注

的位置。所以，虽然她的人生充满危险，却明朗欢快。使这一切成为可能的，是她长年在光源氏与朱雀帝之间保持恰当的人际距离所练就的现实感觉与刚强性格。

　　作为自己的分身，紫式部描写了各种各样的"娼妇"。在写胧月夜的时候，她自己也一定很愉悦吧。

第四章
光的衰芒

上一章中,我们把光源氏周遭的女性群像作为物语作者紫式部的分身进行了解读,依次对"母亲""妻子""娼妇"进行了阐述,还有"女儿"一项未及探讨。如果把这一项补齐,紫式部内在世界的曼荼罗就圆满了。

但是,在紫式部的写作过程中,似乎发生了她意料之外的事情。作品人物光源氏产生某种程度的自律性,开始自主行动,不肯继续按照紫式部的意愿行事。

虽说是光源氏的自主行为,但紫式部当然也还有她自己的写作意图,所以物语的发展变得比较复杂。而《源氏物语》作为一部作品,其本身因此变得更加醇厚,同时,也使得以单层结构来表达物语失去可能。

不可思议的是,在光源氏自主行动的过程中,他的"光"逐渐走向衰亡。下面我们就此予以探讨。

一　由外在转向内在　光源氏的变化

如前所述，紫式部开始创作《源氏物语》时，最关心的问题是她自己的内在世界，而光源氏缺乏作为一个独立个体的人格性。

可以推测，紫式部在开始时是想把《源氏物语》写成像以前的《伊势物语》《平中物语》那样，围绕一个"男性"出场人物的短篇物语集的形式。

《伊势物语》中出场的"男性"，究竟是不是在原业平[①]并不重要，因为这部物语的目的不是用历史性的笔法，描绘一个饱满真实的个体。所以，尽管它以一个"男性"为中心，把整本物语串联起来，使之具备一定的整体统一性，但其目标不是描述一个"个体"，而是表现浸润全书的"好色"。

与此相同，《源氏物语》也不是为了描绘光源氏这个人，而是为了表达如本居宣长（江户中期的国学家）所指出的"物哀"。换言之，本居宣长的这一主张，实际上否定了光源氏是物语主人公的看法。

笔者也已在前面的阐述中否定了光源氏的主人公身份，认为他不过是紫式部表达自己的内在世界必须借助的工具。也就是说，她可以与《伊势物语》一样使用"有一个男子"的方式，只不过她给这位男子起了个名字，叫他光源氏罢了。

《源氏物语》开头几卷给人的这种感觉非常明显，如《空蝉》《夕颜》《若紫》《末摘花》等卷，其中的光源氏人物形象扁平，缺乏立体感。随着故事的进展，直到"须磨"那段故事，情况才开始发生变化。

[①] 一般认为在原业平是《伊势物语》男主人公的原型，他是著名和歌作者，三十六歌仙之一，生性风流倜傥。——译者注

无畏无惧的男子

"须磨"劫难之前的光源氏,当我们把他作为一个独立男性来看,他是一个恰如字面所示的"无畏无惧"的男子。他的所作所为无法无天,即便制度允许一夫多妻,他的行为也着实过分。当然,如果按照我们前面的阐述,不把光源氏看作一个具有人格的人,而只把他看作物语作者的一种手法的话,他的行为则完全可以理解。但是,当我们把他看作一个个体人物时,就会对他产生无畏无惧的印象。

他在接近空蝉时的强人所难、他明知道轩端荻不是空蝉,却仍然与她发生关系,以及他为接近空蝉,与其弟小君之间恐怕也发生了同性的性关系。还有他与夕颜交往的同时,既去造访六条御息所,心里又惦记着空蝉。而夕颜死后,他虽然十分悲痛,却很快被童年紫上的可爱模样所吸引,并再次成功与藤壶私通。

之后,末摘花出现,又有与源典侍的戏谑闹剧。接着,是与胧月夜的交往,光源氏此时有一句令人印象颇深的发言。当时,在弘徽殿廊房内,意外被光源氏拉住衣袖的胧月夜说道:"吓死我啦!你是谁?"光源氏答道:你不用怕。接着吟咏一首和歌表达心声,将她抱到细殿放下,关闭门户。面对吓得瑟瑟发抖的胧月夜,光源氏说出如下一番令人印象深刻的话:

我是大家都容许的。你喊人来有什么用呢?还是静悄悄的吧!(《花宴》卷)

光源氏放言"我是大家都容许的",所以叫谁来都没用。"我是大家都容许的",这句话何等傲慢!无畏无惧的男子就是在他傲慢至极时,遭遇到一生最大的危险。

这种"我是大家都容许的"的骄傲，意味着他忘记了还有一个"不容许他的人"——弘徽殿太后的存在。结果，他与胧月夜的密会被右大臣发现，被弘徽殿太后知晓，由此引发光源氏一生最大的危机。直到此时，光源氏才终于有所畏惧。

提到无畏无惧且与众多女性有交往关系的男人，西方人——或者说无论是否为西方人——最先浮现于脑海的人物就是唐璜。他所交往的女性人数众多，多到用她们的名字可以写成一本小册子。并且即便她们因他而陷入不幸，他也毫不在意。

唐璜与光源氏的共同点是：无畏无惧、缺乏罪恶意识、极端的傲慢带来命运低谷。唐璜邀请石像参加他的晚宴，他并不相信石像会走路，然而出人意料的是，石像竟然动了。光源氏自以为他是被所有人容许的，可偏偏就有不容许他的人存在。

于是，唐璜堕入地狱，光源氏被无情地赶往须磨。但是，光源氏并未跌入地狱。须磨与明石相通，他不仅在明石邂逅明石君，后来还被赦免回到京城，并达到世间荣耀的顶峰。

有些西方人对这一点强烈不满，认为若以唐璜为标准，那么光源氏的物语还没有完成。其实就像开头提到的，日本人中也有一些人不喜欢光源氏。但是唐璜的故事与《源氏物语》，两者的目的大相径庭，作者对于作品的态度也有微妙差别，所以不能简单地将两者加以比较。此外，批评光源氏没有罪恶意识，或者说《源氏物语》不尊重女性等，也都是毫无意义的评论。

情感纠结、内心痛楚的活生生之人

以下阐述仅仅是笔者的推论。

紫式部在写作物语之初，可能只是想创作与《伊势物语》《平中物语》相仿的作品，其时大概并不存在《桐壶》一卷。虽然有一位"不过名字堂皇而已"的光源氏出现在各卷之中,但他与"从前,有一位男子"里的"男子",并无多大差别。

我们可以认为,全书从头到尾只出现一位男性,但是这个男子没有必要必须是"同一个人"。每一段物语本身非常重要,而塑造一个统领全书的人物形象的意图,彼时并不存在。

"从前,有一位男子"这句话让人想起民间故事的既定模式——"很久很久以前"。民间故事被公认为物语形成的基础之一,而且,人们越来越认识到它对人类的重要性,世界上没有看不到民间故事身影的文化。

人们没有"故事",就无法生存,"故事"可以帮助人们把每天经历的事情折中之后,以合理的方式纳入内心。这些"故事"里,那些与人们的心灵联系最为广泛的部分,以"民间故事"的形式万古不朽地流传下来。但它们没有作者,民众的心灵发挥着作者的作用。民间故事的内容从表面上看,毫无可能,荒诞无稽,但实际上,它内含普遍性,因而具有经得起岁月磨砺的价值。

民间故事的特点之一,是不太描绘出场人物的情感的。譬如,西方与日本都有的民间故事《无手姑娘》中,在小姑娘切断手指的情节里,看不到关于小姑娘感觉疼痛或伤心的描述。与近代小说将每一个出场人物当作"个体"来看待不同,在诞生于心灵深层的故事里,出场人物作为对于人类心灵深层某一侧面或倾向的表达而存在。因此,故事的发展不必顾忌个人化的情感。

那些以近代小说为标准的人,会觉得民间故事平板单调,这是一种误解。当我们从整体来看时会发现,民间故事很多时候精妙地揭示了人的深层心理。正是因为这一点,到目前为止,笔者专心研究民间故事,持续发表了一些研究成果。

由文字来承载的"物语",相对于口头传承的民间故事,含义自有不同，但"物语"并不等同于近代小说。"物语"比民间故事更重视文学性元素，出场人物比较丰满，不像民间故事那样将情感抽离。尽管如此，物语依然不存在完美地塑造每一个出场人物的意图。因此，使用文字记述的物语，介于民间故事与近代小说之间。

物语的出场人物虽不像民间故事那般平板化，却也不可否认具有某种程度的类型化。而且，我们所要关注的，不是它对每个出场人物塑造得如何，而是要把他们看作一个整体，只有这样，物语真正想表达的意图才能呈现出来。

近代小说首先存在作者这个"个体"，在作者建构虚拟世界的过程中，出场人物以某种自主性开始行动。没有这种感觉的作品，就不能称为真正有创造性的作品。如果作品自始至终都是按照作者的意图展开并完结的话，它充其量只是一个"编造的故事"，称不上文学作品。只有当自主行动的作品人物与作者的创作意图相互纠缠在一起时，才能诞生伟大的作品。

如前文所述，紫式部想描绘可称之为其内在世界的"女性世界"，并为达成这一目标，设定了光源氏这个"男子"。本来一切进展顺利，可是由于紫式部才华横溢，结果发生了类似近代小说的事情：原本无足轻重的"男子"光源氏，开始作为一个独立的人展开自主行动。

事到如今，其他的出场人物也同样开始自主行动，紫式部无法再依照当初的设想继续创作。尽管如此，物语还是得以完结。正是在这种动力机制的作用下，《源氏物语》获得了在其他王朝物语里所不具备的、超群绝伦的深远含义，成为一部杰出的文学作品。

那么，光源氏是什么时候开始作为一个"人"自主行动的呢？我认为是在"须磨"以后。谪居须磨、明石的危机体验（于后文详述）可以说是一个改变的契机。而在此之前，不容忽视的是紫上出场的重大意义。

本章最后将会论述，在众多女性出场人物中，紫上的地位如何令人瞩目。物语开头出现的几位女性，虽然后来恢复了与光源氏的交往，但究其实质，均为短时间的风流韵事。与她们相比，光源氏与紫上的关系持续长久，光源氏从头至尾都对她充满爱恋。

如果要描写一段持久的人际关系，那么其中的每一个人都势必会呈现出他自己的"人格"。打个有趣的比方，作为勤杂工出场的光源氏，能够成长为一个真正的"person"，多亏了紫上的培育。

《明石》卷中，光源氏夜访明石君的情节，其开头部分和物语之前的故事一样，沿用的是"从前，有一个男子"的模式。可是，在与明石君成就好事之后，光源氏却担心起紫上对此事的感受。

光源氏心想，"倘若紫上风闻此事，我虽是逢场作戏，她必恨我欺瞒她，因而疏远我，这倒是对不起她，于我亦为可耻"（《明石》卷），于是决定将此事提前告知紫上。他执笔写了一封比平素长得多的信，在信的末尾若无其事、轻描淡写地解释了这段情事。这封信在前文已引用过，它体现了光源氏作为人的情感。

光源氏说，回想起自己"无畏无惧"时做下的种种风流韵事，一想到自己会被紫上嫌恶就觉得心痛。这意思是说，他现在已经不是"无畏无惧的男子"了。可是他话锋一转，立刻告白说"做一奇怪无聊之梦"。这可太符合他的做事风格了！最后，他希望紫上通过他的主动坦白，感受到自己对她的深厚爱情。

总之，此处的光源氏变成一个感受到内心纠结与痛楚的活生生的人，他不再是作者可以任意操纵的木偶。当然，这背后仍有作者的意图在发挥作用。作者与作品人物之间的动力机制，推动此后的故事往更深的领域发展。

直面"中年危机"

我们把光源氏作为一个人物来看时,在《须磨》卷中他的经历便构成了他的人生转机。稍有疏忽,他的人生将就此遭到毁灭。但是,各种好运互相作用,他反倒比之前更进一步,迎来荣华富贵无以复加人生——尽管光源氏地位的上升并不是"物语"的焦点所在。

很久以前,瑞士的分析心理学家卡尔·古斯塔夫·荣格就指出了中年对于人生的重要性。他最先注意到,那些在地位、财产、能力方面毫无缺憾的人到达人生巅峰时,会面对"人从哪里来?要到哪里去?"的终极问题,并陷入严重的危机状态。直截了当地说,就是关注点被迫从之前的"如何生存",转移到现在的"如何死亡"。

即便中年危机看上去似乎是由事故或疾病等外因带来的,但其实大多数情况下,它都与内在心理状况相呼应。有关中年危机的话题,目前为止,我在其他地方发表过不少见解①,此处从略。以下将从中年危机的角度,对光源氏在须磨的经历试做探讨。

光源氏退居须磨时26岁,可能有人会说:那他不还是个小青年嘛!可是,考虑到他12岁结婚,26岁时已经官居大将之位,以当时的生命跨度来说,恰可称作中年。如果照此发展下去,毫无疑问,他将会平步青云、财运亨通。他与理想的妻子紫上琴瑟相和,与其他众多女性的关系,也如他所愿,一切完美无缺。中年危机恰在此时来袭。

如前文所述,"我是大家都容许的",这份骄傲导致了他的危机

---

① 拙著《中年危机》(朝日新闻社,1993年),以日本文学作品为研究对象,探讨了中年危机。

出现。然而，光源氏的应对态度极为恰切，他既不争斗也不辩解，而是选择悄然隐退。

光源氏在退居须磨前，曾与哪些人依依话别，而在到达须磨后，又与谁频通消息，这是非常耐人寻味的部分，可以看到谁和光源氏有着紧密的心理连接。有时候，人只有在身处逆境时，才能接触到真实的世界。此前的光源氏，其生活方式是向外无限延展自己的世界，如今他开始体会将自己的世界向内延伸的意义。就此而言，他的"须磨体验"具有非凡的意义。

紫式部的笔触精妙地描绘了光源氏与往日判若两人，于"侍前几无人"的状态下，在须磨忧愁度日的情形。众人熟睡，唯有光源氏一人独醒，耳闻风声、浪声，他不觉泪流满面。有时，他也会独自弹琴、作歌。

有过中年抑郁体验的人，读到此处一定会心有同感。此处值得注意的是，光源氏画了很多画。大概是因为语言不足以表达他的心情，只有绘画才能更好地表达他的心意。此外，他还称自己为"释迦牟尼弟子"，经常唱诵佛经。

与在京都时所过的繁华兴盛的日子不同，此时更能静心体会佛的教诲。所有这些事情，对于现代人如何克服中年危机都有借鉴意义。光源氏的这种态度，为此后意料之外的发展做好了准备。

光源氏退居须磨期间，有一件事值得特别关注，即头中将（其时已经晋升为宰相中将）的来访。所有人都忌惮弘徽殿太后和右大臣的势力，对光源氏避之唯恐不及。而头中将却不顾一切，"就算事情传出去，我被治罪又如何"，特地前去须磨探望光源氏。

这件事生动地说明，他们两个既是竞争对手，又是亲密的朋友。如后所述，头中将不顾危险的来访表明，尽管他对光源氏存有竞争之心，但从根本上来说，他对光源氏的友情极其深厚，值得信赖。

第四章　光的衰芒

虽然退居须磨是光源氏极为失意的一段时光，不过他在此期间邂逅明石君，并得到一个对他以后的人生至关重要的女儿。不久之后，他就被赦归京，万事顺心遂意，好运接连不断。《明石》卷中有很多关于梦或者类似梦的情节，下面选取几则来看。

首先，光源氏梦到他父亲——已故的桐壶帝，梦中父亲对他说："宜遵住吉明神指引，速离此浦！"其次，明石入道梦到一个很特别的人告诉他："十三日备好船只，渡往彼浦（光源氏所在之处）。"再者，朱雀帝也梦到桐壶帝，桐壶帝两眼盯着他，他的视线与之交会，竟引发眼疾。朱雀帝因为此梦而下定决心赦免光源氏。总而言之，无论是光源氏与明石君的邂逅，还是他被赦回京这些大事，都是由梦境安排的。

现代的合理主义者一定会认为，这种事情就是胡言乱语，或者不过是紫式部利用梦境推动故事发展的信手拈来。但是对于曾经见过众多处于"中年危机"之中的人的笔者而言，我深深地明白，无论何人，当他想摆脱自身的艰难危机时，大多数情况下，比起他本人的努力，通常与此类似的偶然或者奇遇更为重要。我也因此十分佩服紫式部高深的洞察力。

当然，梦境确实有很重要的作用。不与命运抗争，而是完全接受，抛弃有意识的努力，凝神静气于绘画的过程中，"时间"一到，意义重大的偶然事件自然发生，世界随之打开。这种状态从古至今，从未改变，只是现代人极少注意到这些现象。

梦境在王朝物语中发挥着重要作用，《浜松中纳言物语》堪称通篇围绕梦境展开，与它相比，《源氏物语》中的梦境少之又少。因此，集中出现在《明石》卷里的这几个预言性的梦境，值得特别注意。

由此可见，紫式部十分了解梦境的功能。

还有，朱雀帝梦见已故父皇，心中十分恐惧。当夜，雷声大作，风雨交加，朱雀帝以为此乃父皇怒气所致。弘徽殿太后告诫他："风雨交作、天气险恶之夜，昼间所思之事，往往入梦。此乃寻常之事，不必担心。"对于这种合理性判断，紫式部敞开胸怀，并不拒绝。在此基础上，她把对克服"中年危机"具有重要意义的梦境集中表现出来，魄力非同寻常。

在克服中年危机的过程中，大多会出乎意料地出现预示将来的征兆。光源氏在明石与明石君结为姻缘，明石君怀孕，后来女儿出生，此女长大后成为中宫，光源氏的政治地位因之得以巩固。前面曾经说过，把光源氏培育成"人"的是紫上，而现在，光源氏有了自己的女儿，女儿是他后来作为一个"人"采取行动的原动力。

关于明石君，在"妻子"的部分已有论及，此处从略。总之，光源氏在这场中年危机里，经历了夹在明石君与紫上中间左右为难的内心纠葛。尽管他对明石君依依不舍，却也不得不惜别归京。需要注意的是，尽管他将再度开启京城生活，但他作为人的状态已与此前大不相同。

二 与"女儿"的关系

紫式部已经完成对作为自己分身的"母亲""妻子""娼妇"的各种女性身份的描绘，最后再加上对"女儿"的描述，她的曼荼罗就可以完满了。或许，她原本打算以六条御息所的女儿前斋宫（秋好中宫）和明石小姐的故事来结束物语。

按照目前所述物语的发展轨迹，不仅令人推测作者的意图就是如此，而且，即便有玉鬘出现，她的故事原本也应该与秋好中宫相似。但是如前文所述，光源氏脱离作者的意图，开始自主行动。因此，光源氏与玉鬘之间出人预料地产生了关系，使物语呈现出动力十足的态势。

一方面，光源氏想要摆脱作者的控制；另一方面，作者要实现自己的意图。同样的事情，在三公主下嫁光源氏一事上也有一定程度的体现。所以，从《玉鬘》卷到《新菜下》卷的故事，那种有趣的感觉与其说是物语，不如说更像近代小说。闲话少说，让我们来依次探讨一下光源氏的"女儿"们。

掌握在父亲手中的"女儿的幸福"

父亲总是期望自己的女儿获得幸福，这话没什么不对。不过在这期望当中，却也混杂了父亲自身的幸福。平安时代，由于"孝"道备受重视，大概会比较倾向于认为，女儿理当为了父亲的幸福不惜一切。

光源氏把明石小姐嫁给东宫太子的打算，有为女儿的幸福着想的因素，但最重要的还是为了他自身政治权力的巩固。那么，光源氏对六条御息所的女儿秋好中宫，究竟是一番怎样的心思呢？虽然秋好中宫表面上是他的义女，但他内心对她的情感却总是摇摆不定。下面首先来探讨一下秋好中宫。

光源氏从须磨回到京城的第二年，朱雀帝让位于冷泉帝，人们都认为光源氏很快就可以在宫廷里呼风唤雨，无人能敌。此时，伊势神宫的斋宫新旧更替，六条御息所与她的女儿前斋宫（即后来的秋好中宫）返回京城。

光源氏向六条御息所赠送探问之礼，以表自己仍怀绵长爱意，但是内心对自己是否要恢复之前与六条御息所的关系尚有踌躇。之后，六条御息所不幸罹病，又突然出家，光源氏深感震惊，满怀遗憾地造访她位于六条的府邸。

光源氏先是热情表白了一番自己海枯石烂的心意，六条御息所对此表示感谢，又将自己女儿的将来托付给他，并不忘一再叮嘱他，切不可把自己的女儿变成他的情人。对此，光源氏答道："年来我已备尝酸楚，深通世故。你若以为我还如往昔一般容易好色动情，倒是出乎我的意料。"（《航标》）意思是你这话说得太离谱了。

所谓"年来备尝酸楚，深通世故"大概暗指谪居须磨一事。受尽苦难之后，如今我做事更有分寸了，再也没有以前那种轻浮之心——光源氏的这一番表白，为后来他与秋好中宫和玉鬘之间的故事铺设了伏线。当他信誓旦旦地下保证的时候，其内心活动基本恰恰相反。

接下来的几句描写，便已经表明光源氏内心的不坚定。当光源氏还在与六条御息所交谈的时候，他就起了想看一眼女儿（秋好中宫）身姿的念头，只是想到人家的母亲已经如此这般拜托自己，方才收回了心思。

几天后，六条御息所魂归西天，光源氏竭诚为她举办法事。在与其女儿通信的过程中，他的心竟起动念，暗想："事到如今，正可设法向她求爱。"不过，又回想起六条御息所的叮嘱，他压制住了自己的冲动。最终，光源氏与藤壶商议后，前斋宫做了冷泉帝的中宫。

若从女儿的角度来看，这一切会是怎样的呈现呢？这件事情的特点是，女儿没有按照自己的意志自由地行动，这一切却都掌握在"父亲"光源氏的手中。

比如，光源氏好色之心涌动，心想："正可设法向她求爱。"如若就是来求爱的话，秋好中宫会有什么样的道路可以选择呢？说到底，她得到身为女儿的幸福，是依赖"父亲"的自制力、判断力及其政治权力，才登上中宫之位的。紫式部把秋好中宫作为自己的分

第四章 光的衰芒

身，描绘了一个幸福与否均取决于父亲的"女儿"的形象。

对于父亲努力提携女儿的描写，在《赛画》一卷中登峰造极。此前在各种场合互为竞争对手的光源氏与头中将（此时的官位是权中纳言），这时作为女儿们的娘家后盾，以父亲的身份互相对峙。

弘徽殿女御（权中纳言的女儿）与秋好中宫作为冷泉帝的后妃，对帝宠平分秋色，她们知道冷泉帝素爱绘画，于是展开赛画之争。在她们各自收藏的画作难分高下的情况下，光源氏谪居须磨、明石期间亲笔所绘的日记发挥了决定性的作用，帮助秋好中宫一方最终胜出。这段故事里，"女儿"得到了父亲的帮助，然而对她起到帮助的画作，却是父亲失意时期的作品。事情的因果之复杂真是难以想象。

关于命运掌握在"父亲"手里这一点，光源氏的亲生女儿明石小姐的情况更加明显。她不存在反抗父亲的可能性，作为一个完全遵照光源氏的意图行事的女儿，她按部就班地获得了自己的幸福。

某种意义上，她是被作为典型的上流贵族的"女儿"塑造出来的。她的生活中鲜有迷惑与不安，只要安心地按照父亲规划好的路线走下去就好了。这样的"女儿"形象，也作为紫式部的分身之一，存在于她的内在世界。

明石小姐谨遵光源氏之意，入侍东宫太子，并于13岁时生下儿子。东宫太子继位之后，她的这个儿子被立为太子。在她登上中宫之位后不久，养母紫上去世。在紫上临终时，明石小姐曾前去探望。而在光源氏死后，明石小姐为光源氏和紫上修身后之福，主办了"法华经八讲"（《蜉蝣》卷）。也就是说，明石小姐对自己身为女儿的工作尽职尽责。她一切谨遵父亲旨意，不仅自己得到幸福，也为父亲的幸福鞠躬尽瘁，可谓完美无缺。

如果说明石小姐的人生有什么遗憾的话，那就是她三岁时成为紫上养女一事。《薄云》卷中描述,她懵懂无知地被从母亲身边带走,乘车离开,途中睡着,一声不曾啼哭。睡醒后,她到处找妈妈,嘤嘤哭泣。后来她也曾因为想要找寻那些从小在自己身边伺候的人,哭过几次,不过她很快就和紫上熟络亲热起来,逐渐适应了新生活。做他人养女,稍不注意就可能招致不幸,但由于明石小姐自己人品优秀,加之周围人的呵护,反而助她走上了幸福之路。

明石小姐可谓至幸至福,而在幸福之人的背后,一定有人为此付出了代价。对于明石小姐的母亲明石君来说,放弃女儿是无比痛苦的事情;而对于那不得不抚养自己丈夫与别的女人所生的孩子的紫上来说,也一定痛苦万分。后文讨论紫上的时候,我们对此问题再详加论述,这里我们只探讨"幸福的女儿"的形象。

被惦记的女儿

(倘若)把朝颜[①]划分到"女儿"的类别,可能会让很多人感觉不适。朝颜的年龄不清楚,但在《帚木》卷中有关于光源氏随和歌附送她朝颜花的一点传言出现,想必她与光源氏年龄相差不大。之所以特地把她列入"女儿"范畴,是因为她面对光源氏的屡次求爱,一贯坚持了作为"女儿"的立场。而且,她的处世之道与后述玉鬘的处世之道有着密切的关联。

前文我们探讨了"物语"中女儿的典型人物明石小姐,以及与她相似却又不同的秋好中宫。接下来,在对光源氏——或者说对紫式部——有重大意义的玉鬘出现之前,尚需要朝颜所代表的"女儿"形象作为她们的中间点。大概正是因此缘故,《朝颜》[②]卷被置

[①] 丰子恺译《源氏物语》时,将朝颜名字译为槿姬。为与夕颜做对比,故本书译者采用原文朝颜,不译。——译者注

[②] 丰子恺译《源氏物语》中将《朝颜》卷名译为《槿姬》,供参考。——译者注

于秋好中宫的故事与玉鬘的故事之间。

朝颜这一名字，无疑是在意识到夕颜之存在的基础上命名的。夕颜得到光源氏疾风迅雷般的爱，又好像被雷击一样突然凋零。而与她相反，朝颜被描绘为一位意志坚定的女性，始终对光源氏的猛烈追求拒之决绝。

那么，当紫式部在《帚木》卷提到朝颜名字的时候，她心中是否已经有创作作为其后续展开的第二十卷——《朝颜》卷的构想了呢？笔者认为未必如此。即便她有在其他某处描述朝颜的想法，也应该不过是把它作为《空蝉》《夕颜》《末摘花》系列的一环而已。然而如前文所述，自谪居须磨之后，光源氏的性质发生了变化，与此变化相对应的是，《朝颜》卷应运而生。

当然，我应该洗耳恭听专家们对此的看法，但依笔者从心理学的观点推论的结果，我认为正如本书所展示的，《源氏物语》虽然从整体来说，具有一个精妙的"构图"，但它并不是紫式部提笔之初就已经设定好的、现代人意识中的那种所谓"构想"。她所描绘的，是她本人的人生经历与"物语"本身的某种自律性融合在一起而自然产生的故事。也正因为如此，结果才会使物语呈现出这样精妙的构图。

想到《朝颜》卷也诞生于这一过程之中，令人兴味盎然。光源氏最初作为紫式部各种分身的对手演员而登场，他原本缺乏具体人格，但是以谪居须磨为契机，开始向拥有独立人格转变。作为其表现，如前文所述，光源氏开始产生各种烦恼和纠结痛楚，甚至进而对秋好中宫、玉鬘等自己的"女儿"们起了恋慕之心。

他与三公主的婚姻也处于上述恋情的延长线上，因为他们两人的年龄相差很大，三公主都可以做光源氏的女儿了。而朝颜对光源氏来说，虽称不上初恋，却是见证他年少时代的恋人。于是，当他登上从一品的内大臣宝座，便动了朝花夕拾之心，对朝颜再表爱慕之意。重要的是，无论是秋好中宫，还是朝颜、玉鬘，她们都坚定地拒绝了光源氏的求爱。三公主虽然与光源氏成婚，这段婚姻却把光源氏拉入命运的悲剧。

光源氏为什么偏偏会被这样的女性所吸引呢？以他现在的地位和财力，如果还像须磨之前那样四处风流的话，任他驱使的女性不知会有多少！

光源氏在具备了自由意志之后，只选择那些不对他唯命是从的女性。这一点，表现了人生的悖论。或者说，随着光源氏在物语中作为一个有人格的人，开始违背作者的意愿而自主行动，物语中的女性们也开始变得意志坚定。

此处所列举的这些具有坚定意志的女性，物语中自有其先驱人物，即空蝉与藤壶。空蝉和藤壶以坚强的意志，屡次拒绝光源氏的逼近，但她们都曾与他发生过性关系。与此相对，玉鬘们则彻底拒绝与光源氏发生任何性关系。

总而言之，随着作品人物光源氏的自主行动，作者紫式部也被磨炼出自主性。这极好地体现了人们在实现自我过程中的有趣之处，也就是说，在与自己内在世界人物的关系中，推动着事物的发展。

那么，我们来看一下光源氏与朝颜之间发生了哪些事情。详细记述朝颜故事的是第二十卷《朝颜》，不过在《帚木》（第二卷）、《葵姬》（第九卷）、《杨桐》（第十卷）等卷中都有她的身影，说明对于光源氏来说，朝颜是一个让他时刻惦记的人。

然而，朝颜以六条御息所为戒，下定决心不去重蹈覆辙，对光源氏的引诱置若罔闻。不过，对光源氏赠送的和歌，她会作歌应答。她承认光源氏是个了不起的人物，却坚决不与他谈情说爱。朝颜将要担任朱雀院的斋院（《杨桐》卷）①，尤忌男女交往方面出问题之时，光源氏却与她频繁地书信往来。

弘徽殿太后及其父亲右大臣发现胧月夜与光源氏的私情之后，试图借此打倒光源氏，此时得知斋院朝颜与他有书信来往，右大臣十分愤慨："朝颜身为斋院，他竟不顾亵渎神明，偷偷寄送情书。"（《杨桐》卷）此事如若在现今而论，我们会说，这不过是通通书信而已，但右大臣却使用了"不顾亵渎神明"的严厉措辞。

朝颜退职斋院之后，与叔母五公主（桐壶帝及葵上的母亲大宫的妹妹）共同居住在桃园亲王府邸，《朝颜》卷的故事由此展开。光源氏以探望五公主为名造访朝颜，五公主十分喜爱光源氏，透露了想把朝颜许配给光源氏的意思。但无论光源氏如何巧舌如簧，朝颜就是不为所动。

那个多情的源典侍也在此处露了一小脸，她此时出家为尼，住在桃园亲王府邸。这个小插曲设计得很微妙，既有幕间狂言②般的效果，也有提醒光源氏意识到自己"不再年轻"的作用。光源氏罔顾现实，努力表白，却被朝颜明确拒绝，最后他不得不接受这一结果。

紫上风闻此事，光源氏的轻狂之心令她无限痛苦。光源氏得知，言不由衷、信誓旦旦地为自己辩解，劝紫上无须担忧。絮絮叨叨的过程中，光源氏想起此时已仙逝的藤壶，赞扬她："如此英明之人，世间岂能再得！"——此人绝无仅有。光源氏自然不会把他与藤壶之间的事情告诉任何人，可是紫上听到他这样的发言，心中会怎么想呢？

---

① 朱雀帝退位后称为朱雀院，当时尚在天皇之位。斋院为贺茂神社的神职，和伊势神宫的神职斋宫一样，由皇族未婚女性担任，任期为一代天皇即位到退位期间。——译者注
② 幕间狂言，是指在能剧或歌舞伎前一幕与后一幕之间表演的滑稽故事。——译者注

当夜，藤壶出现在光源氏梦中，责问他为什么不信守两人私情保密的誓言。这令光源氏一方面大惊失色，另一方面又陷于对藤壶的回忆。

《朝颜》卷就此结束。这个结尾令人叫绝。已过中年却又鬼使神差般返老还童的光源氏，做出年轻人才有的追求恋爱的举动，结果反而让他意识到自己韶华不再。这种境况下，人会变得内心虚弱，而在寻找内心安全感的过程中，有时会遇到意外的挫折。

在光源氏心中，紫上是他最信赖的人，藤壶则是他的心灵支撑。他一时疏忽，对紫上透露了不该透露的信息——尽管表面上说得轻描淡写。尽管光源氏的地位日益增高，但他的光芒却这样一点一点地暗淡下去。

恋爱之心与自制心

如前文所述，光源氏把六条御息所的女儿当作自己的"女儿"培养，成功地将她扶上中宫之位，但他同时对这个女儿一直怀有好色之心。现在，一位让光源氏更加欲罢不能的"女儿"横空出世，她就是玉鬘。

《玉鬘》卷以下面一段话开始：

> 虽事隔多年，光源氏不曾一刻忘记那百看不厌的夕颜。他阅尽世间各种女子，可是想起夕颜，总觉可怜可惜，但愿她尚在人间。

无论岁月如何流逝，光源氏对夕颜的思念有增无减。他与各种女性谈情说爱，却总抱憾夕颜不能死而复生。夕颜转瞬即逝，她的灵魂却一直活在光源氏的意识中。夕颜的女儿玉鬘是夕颜灵魂的具现，光源氏对她不可能无动于衷。

玉鬘是头中将与夕颜的女儿，因为夕颜暴毙，年幼时跟随乳母前往筑紫生活。长大后被肥后国的地方豪族求婚，千钧一发之际，多亏乳母等人设法带她逃出筑紫，返回京城。

夕颜死后，光源氏让夕颜的乳母之女右近侍奉紫上。这天，右近在长谷观音的导引下，遇到玉鬘一行人。光源氏听右近说她偶遇夕颜的女儿，想要立刻将玉鬘接到身边。他对右近说，因为自己子女稀少，膝下寂寥，一直打算要找到夕颜的女儿，如若能实现，一定会悉心照拂她。他的关爱之心，令别人以为他已然找回了亲生女儿一样。如此的一番花言巧语，帮助他顺利地把玉鬘接入自家府邸。按理说，玉鬘应该被接到她的生父头中将（此时的官居内大臣）府上，眼下却被光源氏抚养，事情变得错综复杂起来。

以下是笔者的推测，或者说更近乎臆测：尽管玉鬘的出现让光源氏产生了一些感情纠葛，但紫式部大概原本打算以玉鬘来圆满结束她到目前为止所描述的、以光源氏为中心的"妻子""母亲""娼妇""女儿"的曼荼罗。

然而，作品人物光源氏开始顽固地贯彻他自己的意志，对玉鬘穷追不舍，久久不肯罢手。紫式部让与光源氏性格相反的夕雾作为自己的帮手出场，才终于了结此事。因此，有关玉鬘的十卷故事呈现出类似近代小说的形态，变得更加耐人寻味。

夕雾作为帮手登场，大大地增加了故事的深度。而《少女》卷出现在《玉鬘》十卷之前，也是意义深远。

下一章我们将会谈到，夕雾与云居雁的恋爱，和光源氏与玉鬘之间的关系形成对照，在玉鬘物语推进的过程中，夕雾的恋情一直如影随形。所以，在这一段故事中，不仅有父女轴线上的动力机制，还有父子间的动力机制在发挥作用，再加上光源氏与头中将、紫上与玉鬘之间竞争关系的作用，物语对人的描绘十分接近近代小说。

现在我们来看一下物语的故事发展。光源氏听到右近的报告决定接玉鬘进府，并决定把她交给六条院的花散里照顾，花散里接到光源氏的委托后爽快答应。花散里是上好的人选，她一直为自己的"主妇"职责鞠躬尽瘁。

光源氏见到玉鬘，被她的美色打动。他对紫上谈起玉鬘的美丽，说让玉鬘住在府中，那些好色之人一定会闻风而动，聚集前来，他很想欣赏这一场面。光源氏接着又开玩笑说，当年自己见到紫上时，如果有如今的闲情逸致，也一定会让紫上做香饵，当时让紫上做了自己的妻子，这个结果太无趣了。

听到光源氏这么露骨地夸赞自己的美貌，紫上又羞又喜，涨红了脸。而光源氏的这番话却是不经意间说漏了嘴，无意中暴露了他"让玉鬘步紫上后尘"的想法。而且实际情况是，光源氏的这个想法愈演愈烈。

光源氏在探访玉鬘的过程中注意到，虽然玉鬘与夕颜相貌相仿，性格却大不相同，有时他还会向紫上谈起此事。与夕颜相比，玉鬘更加爽朗、沉稳。

这是理所当然的事情，玉鬘毕竟继承了父亲头中将的血脉。头中将是一个与异界机缘寡淡，而现实感过于强烈的人，所以玉鬘具有一些与夕颜近乎相反的特质。夕颜与光源氏乍一相逢便全身心地被他征服，而玉鬘则与她相反，拥有一种扎根于现实的不可撼动的力量。因此，面对光源氏的心意表白，玉鬘不会轻易自投罗网。选头中将来做玉鬘的父亲，紫式部真的是太有才了！

光源氏向玉鬘表露心迹，玉鬘没有反应，或者说她采取了拒绝的态度。光源氏巧舌如簧，对她说在深切的父女亲情之外再加上一些别的情感,这深情在世间更加难有。真是强词夺理!

有意思的是,在光源氏如上狡辩之后,作者加了一句评论:"此种父女之爱,委实太过分了!"(《蝴蝶》卷)这句话令人感到,光源氏在脱离作者的意图任意行动,作者则在努力地想方设法阻止他。

光源氏对玉鬘说:"离居两地、素不相识之人,一经相爱,都容许如此。"意思是,就算双方互不相识,相逢之后女性以身相许乃世间常规。光源氏虽口出此言,最后还是收敛了自己的心思,打道回府。

光源氏难以斩断对玉鬘的情欲,却在看到兵部卿亲王写给玉鬘的信后催促她回信。对玉鬘来说,光源氏的这种暧昧态度不可忍受。

物语开头的光源氏,无论他暧昧也好,含糊也罢,总能如愿与女性们发生关系。

然而,当光源氏开始作为一个个人贯彻自我意志的时候,作为其情感投射对象的女性也期待他具有独立的人格,于是就出现了像玉鬘这样,不肯接受光源氏如此暧昧的态度,不会轻易顺从他意志的女性。

《萤》卷里这段有名的小插曲,也可解读为光源氏无计可施的内在纠葛所催生的行为。按照表面内容来理解的话,就是光源氏向外人显摆自家的美丽女性,兵部卿亲王深受吸引,光源氏旁观取乐。但在光源氏的思想深处,大概已经存在一种断念:玉鬘最终不会成为自己的女人。

光源氏迷途难返,为了让他明了自己的心志,夕雾粉墨登场,这件事非常值得探究。关于夕雾,后文会加以详论。从光源氏的角度来看,夕雾是自己的"孩子",光源氏从未把他放在眼里。而这

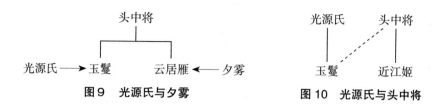

图9　光源氏与夕雾　　　　图10　光源氏与头中将

"孩子"却在不知不觉间长大，可以与父亲相匹敌了。

夕雾与云居雁的爱情关系在整个《源氏物语》中显得很特别，他们之间是青梅竹马的纯爱物语。与之相对，光源氏对玉鬘的爱情则是一种成人味十足的、复杂的、难以接受的情感。有一件事情凸显了两者的对比效果，那就是：云居雁和玉鬘都是头中将的女儿（图9）。因此，在围绕玉鬘的故事中，既有光源氏与头中将、光源氏与夕雾之间，所谓朋友之间和父子之间的竞争关系，也有友情与亲情的微妙交融，使得物语的意义更加深远。

仅从图9的对比来看，头中将相对于光源氏处在非常有利的状态，于是，物语导入了近江姬①这一漫画式的人物，从而使双方的力量获得平衡。虽然玉鬘也是头中将的女儿，但从心理上来看，形成了"光源氏—玉鬘"与"头中将—近江姬"的对比（图10）。近江姬作为玉鬘的绿叶，其陪衬作用之明显，无须赘言。

我们再来看一下夕雾的成长状况，《朔风》②卷对此有详细描述。首先，他偷窥到紫上的容姿。接着，夕雾又偷看到光源氏轻车熟路抱拥玉鬘的场景，这时他心里想的是："啊呀呀，太不成样子了！""啊呀，成个什么样子呢！"，表现出明显的厌恶之感。以他对云居雁的感情，产生这样的想法是很自然的。

---

① 头中将的私生女，其母并非贵族，故近江姬没有接受过贵族教育，举止不雅，常惹人耻笑。——译者注
② 此卷《源氏物语》日文卷名为《野分》。——译者注

《兰草》①卷中有一段夕雾逼问光源氏的描写。开始的时候，光源氏对夕雾的问题避重就轻，像往常一样把他当小孩子对待。但是夕雾毫不退缩，他进一步具体地逼问道：内大臣（头中将）私下议论，说您让玉鬘入宫做个闲散的尚侍，不过是为了经常把她笼闭在自己身边一人独享。光源氏不得不明确地回答说，自己没有这种想法。

一直以来，在对玉鬘的爱恋之心与自制之心之间徘徊不定的光源氏，面对儿子劈头盖脸的正面追问，不得不下定决心放手玉鬘。

玉鬘意外与髭黑大将结为姻缘，但物语对其具体过程未着半点笔墨。因为对于物语来说，玉鬘与光源氏的关系才是最重要的，至于她的结婚过程，则没有记述的必要。

女儿　妻子

男性在即将步入老年时，会对相当于自己女儿辈的年轻女性产生爱慕之情，可能还会与之结婚。大概是预感到自己正在走向死亡，所以才对充满生命力的对象充满渴望。

美国有不少这方面的案例，男人们与糟糠之妻艰苦奋斗取得成功，财大气粗之后与妻子分手，与女儿般年轻貌美的姑娘再婚，俗称"奖杯妻子"（trophy wife），大概的意思是把娇妻比作人生胜利的奖杯。不过有时候，本以为是奖杯，却在不知不觉间成了自己身上的墓碑。所以，这种事情没什么值得羡慕的。

光源氏与三公主的关系，可以说是遥遥领先于美国的"奖杯妻子"的出现。光源氏周围有很多女性，我们把她们以光源氏为中心构成一个曼荼罗，按照妻子、母亲、娼妇、女儿的顺序一一进行了论述。

---

① 此卷《源氏物语》日文卷名为《藤袴》。——译者注

在探讨相当于光源氏女儿（当然只是心理上的女儿。光源氏的亲生女儿只有明石小姐一个）的秋好中宫、朝颜和玉鬘时，我们发现光源氏虽然与众多女性有性关系，但唯独这三个人，尽管光源氏贼心不死，却始终未能与她们发生肉体关系。曼荼罗似乎将要以不与"女儿"发生性关系的状态完结，却不曾想在最后阶段，三公主突然出现，光源氏最终与她成就姻缘。

三公主似乎是出现在位极人臣的光源氏晚年时的奖杯，但她的出场，其实是使光源氏光芒消散的重要布局（《新菜上》卷）。

朱雀院打算出家，但十分担忧女儿三公主的未来，于是想为她找一个可靠的乘龙快婿，自此也好安心，这时他想到光源氏。光源氏此时身为准太上皇，已然登上人臣最高之位，时年39岁。三公主13岁，两人之间年龄差距巨大，要说是女儿，倒不如说是孙女更合适。

于是朱雀院又想到光源氏的儿子夕雾，思量着夕雾年纪合适，未来光明，只是他已经与云居雁结婚，而且两人相亲相爱，强行把三公主塞给他，大概不会有什么好结果。《朔风》卷开始，光源氏与夕雾的关系在多种场合发生绞合，非常有趣。前面论述玉鬘时曾经提到过，夕雾专心致志的爱情与光源氏的好色之心总是形成对照。夕雾满足于与云居雁的关系，并未对三公主心旌摇荡，但也稍许有些心动，对三公主嫁给他人心怀一点醋意。

作者不动声色地描写了一向耿直、严谨的夕雾内心中的小小波澜，她太了解男人的心思，也为后面夕雾对柏木的妻子心生爱恋埋下了伏笔。

朱雀院出家，光源氏开始的时候还表现得很理性，说他可以照料三公主，无须公主嫁给他，最后却应承了与三公主的婚事。尽管已经年纪不轻，他的好色之心却丝毫未减。

第四章 光的衰芒

受到这次婚事打击最大的是紫上。此前光源氏的周围虽然也有很多女性，但是紫上总有一种自负，觉得自己在其中有着很特别的地位。况且光源氏一直视紫上为非常重要的人，哪怕是自己的难言之隐，也会尽力向她坦陈。再加上光源氏已经一把年纪，她以为两人的关系从此不可动摇。

然而，她却意外地迎来三公主的下嫁。那个时代，出身最为关键，所以在形式上，三公主坐上正妻宝座。这虽然不是光源氏当初期望发生的事，但他对此也是无计可施。可怜紫上人到晚年，竟被赶下正妻之位。

聪慧的紫上并未因此乱了分寸，她表面上依然风平浪静，甚至劝光源氏多去三公主处住宿，但实际上，她内心波涛汹涌。当光源氏夜宿三公主处时，她孤枕难眠，脑海中浮现起当年光源氏谪居明石期间的桩桩往事。

光源氏往返于紫上与三公主之间，左右兼顾。在这种境况之下，他仍然难忘年轻时交往过的胧月夜，夜访欲随朱雀院出家、此前拒绝与他相见的胧月夜，两人的关系重现生机。

这件事也瞒不过紫上。紫上泪眼婆娑地对光源氏说：你倒是一下子返老还童，不仅娶了三公主还与胧月夜旧情复燃，反教自己"无依无靠，好痛苦啊！"（《新菜下》卷）。她感喟自己一向把光源氏作为此生依傍，如今却遭抛弃，漂浮不定，无依无靠。紫上几乎可以看作是作者紫式部自己的化身，她在此时经历了难以疗愈的悲痛。

现在，我们推测一下作者紫式部在这件事情上所表现出来的意图。

紫式部在非人格化的人物光源氏周围配置了众多自己的分身，意欲创作一个女性曼荼罗，这个构想原本应该以玉鬘完结。

然而，由于作品人物光源氏开始自主行动，他与玉鬘的关系变得过度深入。这一危机好不容易得以化解，却又发生了意料之外的事情：在此过程中，光源氏与紫上的关系越来越深厚，开始从原本一对多的关系向稳定的一对一的关系转化。

眼看紫上与光源氏的一对一结构就要发展到取代整体结构的程度，紫式部急欲使其回归既定轨道，这种努力反而使得以男性为中心来描绘女性的打算，开始转变为不以男性的存在为前提，直接把女性作为女性来描写的倾向。

换言之，光源氏已经没有存在的必要。同时，光源氏与紫上一对一的关系结构也要被消解，因此作者才让胧月夜再次出场。

围绕光源氏的女性群像曼荼罗到此暂告完成，但是与此同时，作者自己意识到，这并不是真正的完成，有必要使物语更加深化。三公主的出场，正是为了实现作者的这一目标。

三公主在紫曼荼罗的建构上发挥着至关重要的作用，其作用的核心在于她和柏木的私通。

三 发生"私通"时

光源氏虽然恋慕秋好中宫、玉鬘等"女儿"们，但并没有真正与她们发生关系。不过，事情的意外发展，竟使他得到了年龄与女儿相当且身份极为高贵的三公主。光源氏高居准太上皇之位，世事尽在他的股掌之间，然而，三公主的私通事件却令光源氏顿失光芒。

此事将在后文加以详述。总之，这件事令人感觉它如同光源氏与藤壶私通事件的回响，让我们感受到私通在本物语中的重要性——它在推动整部物语发展的过程中，起着引爆剂的作用。

关于私通的意义，给我留下深刻印象的是《为身世烦恼的小姐》这部物语①。此物语的一个重要主题，是相互对立的天皇一派与藤原一派如何走向和解之路，而在事情发展的关键之处，屡屡发生私通事件。

笔者将另稿对此做详细探讨。笔者认为，与《为身世烦恼的小姐》相对应的故事，当属莎士比亚的《理查三世》。在这部戏剧之前，已经有许多部相关内容的作品，但那些作品的故事都是建立在兰开斯特家族与约克家族对立的基础之上的，而到了《理查三世》，对立的家族达成和解。《理查三世》中，达成和解的重要阶梯是暗杀。

将《为身世烦恼的小姐》与《理查三世》进行对比非常有意思，暗杀与私通的共同之处，在于它们都是背叛，都是隐秘行为。私通催生了意料之外的新事物，而暗杀则通过破坏既定的秩序，为新事物的诞生做好准备。因此，在它们一而再地反复之中，对立转化为和解。

当然，并非所有私通或暗杀都会导向和解，也有相反的情况。但是，我们认识到它们在具有破坏力的同时，也具有为新事物的诞生做准备的特性。日本的王朝物语没有只言片语涉及杀人，这是它独具特色之处。然而，也正因如此，私通事件才会在多部物语中屡屡出现，成为物语的一个重要主题。

私通再现

头中将（此时的官位是太政大臣）的儿子柏木与三公主之间的

---

① 关于这一点，请参见以下对谈：三田村雅子、河合隼雄，《为身世烦恼的小姐》，《创造的世界》111号，小学馆，1999年。

私通是极为重要的事件,所以物语的描述非常详尽。先来看一下事情的来龙去脉。

光源氏好不容易抱得美人归。因为三公主年纪尚幼,又有朱雀院撑腰,光源氏自然对她不能怠慢,不过他内心更倾向于紫上。夕雾与三公主之间也曾有过结亲的考虑,如今又在六条院里相邻而居,因而他对三公主也比较关注。

但见"她身边的侍女,也少有老成持重之人,多数是青年美女,只爱好繁华生涯与风流情趣。这无数侍女聚集在这里服侍她"。一众侍女虽然华贵美丽,却也给人有机可乘之感。

这正是为后文柏木偷窥到三公主埋下的伏线。夕雾看到此种情状,想起那天窥见紫上的事情,随即内心盼望有朝一日也能有机会一睹三公主的芳容。他毕竟还是年轻啊!

说到年龄,柏木与夕雾同龄,但比他情感表达更加激烈。柏木一想到光源氏与三公主年龄上的不般配,就觉得自己才是三公主的适配佳偶。他已经与二公主成婚,却对三公主一往情深。当他和夕雾等人在六条院一起蹴鞠的时候,不断暗暗寻找窥见三公主的机会。

就在这时,发生了一件不同寻常的事。一只小唐猫被大猫追赶,从屋里逃出来的时候,身上系着的绳子把帘子的一端高高掀起。那些喜好繁华热闹、虑事不周的侍女们未能及时应对突发状况,于是,三公主的身姿被柏木清楚地看到,从此他铭刻心间。之后,柏木苦苦思恋二公主,虽然通过中间人鸿雁传书,却并没有那么容易达成心愿。柏木设法把那只小唐猫弄来身边,倍加宠爱,聊慰相思之情。

过了一段时间,紫上突然生病。病情久未好转,光源氏悉心看护。光源氏把紫上转移到二条院,希望借此为病情带来转机,他自己也终日于二条院陪伴。柏木见缝插针，经过一直为他传递情书的三公主乳母的儿子小侍从的安排，强行达成与三公主相见的愿望。

柏木面对三公主，表白了自己的思慕之情后，说："只要你对我说一句怜惜的话，我便可心满意足地告辞了。"他本打算听到一声三公主的回答就打道回府，结果发现三公主并不像他想象中那样难以接近，最终没能控制住自己的行为。

柏木睡在三公主身边，恍惚间做了一个梦，梦见那只小唐猫娇声地叫着向自己走来。他想这是自己带来送还三公主的，可是自己为什么要把它还给三公主呢？这样想着的时候，从梦中惊醒。这或许可以理解为柏木是要把他从猫身上体会到的爱情奉献给三公主。

这一连串的猫故事非常巧妙。光源氏对三公主的感情是出于对朱雀院的尊重，或者对年轻女孩的好奇心，缺乏自然性。柏木对三公主的感情则与之相反，他义无反顾，是名副其实的全身心投入，完全出于自然情感。猫作为他情感的象征出现，而且具有一定的不可思议性和恐怖性。由猫所引导的爱情，一开始取得了成功，之后却不得不迈向恐怖的结局。

紫上病笃，甚至传出死亡误报，众人大乱。事情平息之后，光源氏前往探访三公主，发现柏木送给她的情书，心中了然。而且，三公主已然有孕。因为三公主及其侍女平素幼稚不严谨的生活习惯，天大的秘密就这样被暴露出来。

光源氏的叹息与愤怒自不待言，思绪万千之际，他想到自己与藤壶之间的私情："推想桐壶父皇当年，恐怕心里也明明知道我与藤壶母后之事，只是表面上佯装不知。回思当时之事，可怕至极，真是大逆不道的罪恶啊！"光源氏再次体会到桐壶帝当年与自己现在相似的苦恼心境，猜测桐壶帝不过是假装被蒙在鼓里，深感自己罪孽深重。对三公主和柏木的行为，光源氏无法简单地憎恨他们。

光源氏与藤壶、柏木与三公主，可怕的私通反复上演。人生屡屡会有类似事件反复出现。光源氏与藤壶私通生下冷泉帝，柏木与三公主私通生下薰，他们两个都是世间少有的才俊。世人不知真相，众口称赞冷泉帝不愧是桐壶帝的儿子，薰不愧是光源氏的儿子。实际上，或许只有混入不同的血液，才会诞生罕见的人才。

此处值得注意的现象是，薰的身体里混合了三公主的皇族血统与头中将一方的藤原氏血统。夕雾对云居雁的恋情，头中将打一开始就不肯同意，光源氏深感意外。他对玉鬘提及此事时说，头中将大概是以藤原一族的纯正血统为骄傲，嫌弃自己虽身为皇族却太老派了（《常夏》卷）。

此类对立意识总是蠢蠢欲动，然而正如《为身世苦恼的小姐》所示，两者经由私通事件不知不觉走向融合。从这一视角来探究《宇治》十卷的男主人公薰的性格，应当会有一些有趣的发现。

父与子的纠葛与对立

柏木私通事件的背后，父子轴线构成的动力机制发挥了强大作用。父亲与儿子的对立关系是理解人的核心关键，所以弗洛伊德最重视恋母情结。但是，正如文化人类学家所指出的，它仅限于父权已经确立，且在心理上明确承认父性原理之强大的社会，在其他社会中情况则有所不同。

平安时代是一个双系①的社会，父性原理极弱。在这样的社会中，父亲与儿子的对立几乎算不上是个问题。光源氏本身也是对女儿明石中宫（明石小姐）关怀备至，却对儿子夕雾不闻不问。

但是随着夕雾长大成人，父子之间还是发生了一些纠葛，《朔

---

① 双系，指的是母性原理和父性原理并存。——译者注

风》卷中夕雾偷窥到紫上是其开端。有关玉鬘一事，光源氏心有负疚，可以说夕雾占了上风。然而日本物语的特点是，它不会在这些事件的基础上，将父亲与儿子推向正面对决。正面对决并非日本人所好。

于是，便产生了非常有意思的现象。如图11所示，夕雾与头中将之间、柏木与光源氏之间发生对立（依然没到"对决"的程度）。这可以理解为夕雾和柏木在互相替对方进行代理战争，实现与父亲的对决。

图11是为了凸显这些对照关系而作。其中的三公主尽管是"女儿妻"，但她毕竟是光源氏验明正身的妻子，所以柏木才会陷入悲剧的结局。与光源氏正面对决终究是非常艰难的一件事。

光源氏与头中将的关系从头至尾都很耐人寻味。他们两人之间既有友情，又是竞争对手。两种感情交错之下，他们时而互相对立，时而视人如己。刚刚还在竞争，下一秒立刻变成队友。如前所述，开始时光源氏是被作为一个没有人格的人物导入物语之中，所

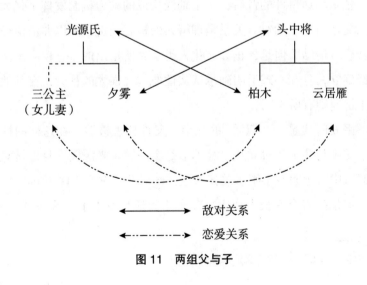

图11　两组父与子

以每当他需要展现一点人情味的时候，头中将就会适时登场，发挥着给光源氏的形象增加阴影的作用。

这两组对立关系可以看作其典型表现。把这两组父亲与儿子的物语看作一组，更加接近父子关系的现实，也可以由此看到，在避免直接对决的日本，亦有可能发生这样的情况。

云居雁的父亲头中将得知夕雾与云居雁的恋爱关系时雷霆暴怒，其怒气之盛，就像是知道了两人发生"私通"一样。从父亲的角度看，这种恋爱关系的发生不可容忍。

关于夕雾与云居雁的恋爱关系，下一章再予以详论。总之，此处夕雾与头中将之间产生的对立，是后文更加激烈的柏木与光源氏之间对立的先声。

夕雾与头中将之间的对立，如前文所述，发生于皇族与藤原一族的对立这一背景之下，夕雾受到他的父亲光源氏的支持。所以，此处所表现出的父子之间的对立关系比较松弛，随着时间的流逝而烟消云散。最终，夕雾与云居雁喜结良缘。

与之相反，柏木与光源氏的对决则极为激烈，因为他的私通对象三公主是光源氏的妻子。正如前文所述，光源氏发现了柏木与三公主私通的秘密。当柏木通过小侍从知道这个消息时，他万分震惊。

柏木不知所措，别说战斗了，他简直就是一蹶不振。可是因为此故，他突然就不登六条院的门的话，未免招人疑惑。于是借光源氏邀请他参加朱雀院五十大寿舞蹈演习的机会，柏木强打精神，再次来到六条院。

歌舞与音乐助兴，宴席正酣之时，光源氏对柏木实施了反击。不过只从故事的表面来看，并算不上什么"对决"。光源氏说，自己年纪大了，一喝醉就忍不住会流眼泪，"卫门督（柏木）注视着我微笑，使我觉得很难为情"。他特地对柏木指名道姓，对他说你引以为傲的年轻只是暂时的，谁也逃脱不了衰老的命运。

这些话在周围的人听来不过是光源氏半开玩笑的牢骚，但在柏木听来，却是扎心的讽刺。而且，当柏木觉得身体不舒服，想在巡酒时略略举杯沾唇来蒙混过关时，光源氏看到后大为不满，强迫他把酒喝干，柏木更加难以忍受。

老人的一击给了年轻人致命的伤害，柏木在那以后一病不起。三公主苦不堪言，选择出家。柏木知道消息后病情加重，他对前来探望的夕雾说，光源氏好像因为什么误解而怨恨自己，自己毫无恶意，希望夕雾能够居间调停。

夕雾疑惑地离开，不久后柏木去世。儿子联合军最终被父亲击败。

日本的王朝物语中是不是没有出现过恋母情结呢？似乎无法简单下此断言。

此次事件之后，光源氏周围再也没有出现新的女性。接着发生的事情分别是，紫上的死亡以及光源氏的死亡。光源氏与三公主的婚姻导致紫上的死亡，三公主与柏木的私通导致柏木与光源氏两败俱伤。

王朝物语中虽然没有杀人的情节，但是描述了与杀人同样可怕的事情。

三角关系的构造

光源氏与柏木围绕三公主的三角关系以悲剧告终。男女之间的三角关系大多会走向某种悲剧结局，无论是两个男性对应一个女性，还是两个女性对应一个男性，都是一种难以调和的结构。

但是也有例外，比如光源氏、紫上、明石君的情况就是如此，紫上与明石君最终融洽相处。当然，两人之间并非没有嫉妒之情，但是在物语中，她们两人通过贤明的处世方式，得以维持较为稳定的三角关系。那么，她们两个是不是都一直在隐忍呢？好像并不尽然。以下对此稍做探讨。

关于三角关系所呈现的样态，白洲正子（随笔作家）曾经举过一个很有启发性的例子①。有关小林秀雄（评论家）横刀夺爱，抢了中原中也（诗人）的恋人长谷川泰子（也叫佐规或佐规子）一事，白洲正子评论道："抢中原中也的恋人，其实是因为小林先生深爱着中原中也，佐规小姐只不过很偶然地恰好在现场而已。"还说："男人爱上男人是'精神'上的，而只靠精神是无法实现的，这时候就会想得到对方的女人（肉体）。"

此见解十分卓越。在精神与肉体几乎尚未分离的王朝时代，这样的事情更加常见。光源氏夜宿源典侍住处时，头中将举剑进入，即为典型事例。其中最重要的原因，是头中将想要与光源氏无限地接近（图12）。光源氏被夕颜吸引的时候，背后大概也是同样的心理在起作用。他们当然也有嫉妒和竞争的心理，但当时，他们本人并没有意识到有这样的心理机能在发挥作用。

柏木与三公主的私通事件中，柏木与夕雾之间的友情在其背后也潜在地发挥着作用（图13）。物语中经常描述他们两人关系亲密，而且他们两人各自都有一个伟大的父亲，由伟大的父亲所带来的痛苦，则是他们的共通之处。从对父亲的反抗这一角度来看，原本应该发生在夕雾与三公主之间的私通事件，却以柏木与三公主私通的形式实现。

此事在柏木死后依然继续发展，夕雾对柏木的妻子二公主（落

---

① 白洲正子，《现在为何要谈青山二郎》，新潮社，1991年。

第四章　光的衰芒

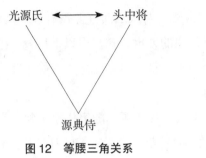

图 12　等腰三角关系
（光源氏与头中将）

图 13　等腰三角关系
（夕雾与柏木）

叶公主）情有所钟。按常识来说，夕雾接近二公主是他对柏木友情的背叛，但事实并非尽然。因为此类事件频频发生，平安时代的男女关系显得十分错综复杂。

那么，在两个女性对应一个男性的关系中是否也会发生同等情形呢？比起上面两男对一女的例子，两女对一男的情况更加复杂。由于两个女性之间的排斥更强，所以很难达到平衡状态。但在女性拥有一定程度的强大意志的情况下，平衡依然有可能达成，不过与两男对一女时的平衡状态还是稍有不同。

紫上与明石君的情况如何呢？她们两人之间一定会有嫉妒，但是从心理上来说，紫上与光源氏更加亲近。与之相对，明石君在生养了女儿这一点上，处于绝对优势。在这种状况下，两人同意将明石君的女儿交给紫上做养女来抚育，她们在为明石小姐的幸福而共同努力的过程中，两人之间产生了友情。

同时，光源氏平素一直很注意对她们两人保持适当的距离。他们三人以极其慎重的相处方式为基础，建立了等腰三角形关系。虽然紫上与明石君都热切希望缩短光源氏与自己之间的距离，但都通过积极地自控，维持了平衡。

花散里大概也有同样的想法。通过被光源氏委托抚养、照料夕雾和玉鬘,她承担了家庭主妇的角色,从而确立了自己的位置,心理上获得安定。住在二条东院的末摘花、空蝉等人,虽然与光源氏的距离越来越远,也都各自确定地感受到了自己应有的位置。

葵上和六条御息所则是坚决拒绝这种稳定的等腰三角关系的人,但她们业已去世,威胁不到光源氏的生活。不过,六条御息所的生魂或亡灵一直对光源氏及其周边的人形成困扰。

出家的心理

三公主生下儿子(薰)后强烈请求出家,光源氏一再设法阻拦。三公主的父亲朱雀院前来探望她,尽管他不明所以,但感受到一定发生了什么事情,于是答应了女儿的出家请求。光源氏仍想劝阻三公主,然而一切终归是徒劳,三公主在二十二三岁的青春年纪出家为尼。

此时,六条御息所的物怪突然出现,威胁着众人。总之,此物怪的出场,一贯承担着对光源氏与其他女性的关系极度嫉妒的功能,它是男女一对一关系信仰的化身。

三公主的出家,无论对光源氏还是对朱雀院而言,都是一件很痛苦的事情。不过,朱雀院作为父亲,说不定对女儿回到自己身边,还会暗自有一些欣喜。对于三公主出家一事,即使出于这个原因,朱雀院也并不像光源氏那样反应强烈。可以说,这显示出父女连接的、潜在的强大力量。

三公主出家之后,光源氏继续对她倾诉衷肠,三公主自然不会回应。三公主的出家是物语后续的展开——紫上强烈要求出家,然后死亡,以及光源氏自身的死亡等——的有力铺垫,令我们深感出家意义之深远。回顾本书前文的内容,蓦然发现我们依次探讨过的那些光源氏身边的女性之中,出家者不在少数。

还有一些女性，物语中虽然没有说她们最后是否出家，但是她们都表现出强烈的出家愿望。为了使大家有一个整体概念，笔者特地整理出一个简单的表格，如下（表一）。

表一　出家的女性

与源氏的关系	母亲			妻子				女儿					娼妇					
人物名字	桐壶	弘徽殿太后	大宫	葵上	紫上	花散里	明石君	秋好中宫	明石中宫	朝颜	玉鬘	三公主	空蝉	六条御息所	夕颜	末摘花	藤壶	胧月夜
出家			O		△			△		O	△	O	O	O			O	O
早逝	O			O											O			
私通												O	O				O	O

△　表示有强烈的出家愿望

单看此表，也能够在一定程度上了解这些女性各自的特点及定位。首先我们注意到出家与私通之间关系密切，有过私通关系的三公主、空蝉、胧月夜和藤壶全都出家，六条御息所虽然没有私通，但在她的意识中，她和光源氏的关系大概与私通近似。

藤井贞和将出家与私通联系在一起，提出了"出家是因为在今世犯了某些罪过，然后为了尽量减轻来世的罪过而采取的行为"的假说①。这一观点很有意义，但笔者并不完全赞同。

大宫和朝颜出家了，但她们并未私通。紫上、秋好中宫和玉鬘

---

① 藤井贞和，《物语中的结婚》，创树社。

也没有私通，但都表达了强烈的出家愿望，只是由于光源氏或者孩子们的阻挠而没能出家（朝颜则认为自己担任斋院一职是罪过[①]而最终出家）。暂且将英年早逝的女性除外，那些既无私通，也与出家无关的女性，即弘徽殿太后、花散里、明石君、明石中宫和末摘花，她们都是与外在现实联系紧密的人物。

由此可以清楚地看到，就像我们前文曾提到过的，已经出家的大宫为光源氏提供了极大支持。她作为一个既参与现世俗事，又与死后世界相联系的人，具有非常重要的意义。

虽然渴望出家，现实中却总有一些因素令人踯躅难行，这样的因素被当时的人们称为"绊"，它屡屡出现在以《源氏物语》为首的王朝物语中。"绊"本意是指拴在马腿上使之不能自由行走的绳子，引申为束缚自由的意思。

"绊"这个汉字很有意思，现代社会，"绊"多被用于积极的意义，比如我们常说"亲子之绊"，可以防止孩子走上邪路。平安时代则不同，它被作为妨碍出家愿望的羁绊来使用（虽然也不完全是消极的意义）[②]。可以说，这个字令人感受到人际关系的微妙之处。即便在现代社会，父母自以为是保护孩子的"绊"（纽带），有时候也会成为妨碍孩子独立的"绊"（羁绊）。

出家必须斩断羁绊，主动斩断的一方与被斩断的一方同样痛苦。光源氏之所以百般阻挠紫上出家，原因就在这里。尽管可以说，出家是进入超脱的世界，但被留在身后的人总会感到是被"抛弃"了。

[①] 斋院是神道教的神职，对于佛教信徒来说，认为担任此职是对佛的不敬，是一种罪过。——译者注

[②] 原文中"绊"字有两种不同的发音，在"亲子之绊"一词中作为"纽带"的意思，读作"きずな"；在出家羁绊的意义上读作"ほだし"。——译者注

从这一点来说，空蝉、胧月夜、藤壶和六条御息所在出家的时候应该是下了很大的决心，而光源氏在她们出家时，每一次也一定思绪万千。当然，光源氏开始时不甚具有人格性，出家属于各位女性自身的人生轨迹，光源氏的心理并不重要。

与此相较而言，三公主的出家在很多方面存在不同之处。其他女性的私通对象是光源氏，而三公主的私通则是对光源氏的背叛，她因此而出家。关于此点，有必要用一个新的章节加以讨论。

四 曼荼罗动力的深化

曼荼罗这个词现在已经广为人知，据中村元编写的《佛教用语大辞典》[①]解释，它有两个含义，一是坛场；二是一种绘有佛、菩萨身居神圣坛场（领域）的画，用以表达宇宙真理。此词条在释义之后，以"它表现了密教象征主义的极致"的评论结尾。

此密教用语之所以在现代被推广到全世界，其中一个重要因素就是卡尔·古斯塔夫·荣格的贡献[②]。详情另述，总之，荣格基于自身经验发现，在精神性疾病患者的康复过程中，作为他们确认自身存在之统合性与安全感的一种方式，他们心中会浮现出一些以圆形和正方形为基本的图像，把这些图像画出来会非常有效地促进病情好转。

这件事对他来说意义重大，但对于西方学会来说，这不过是些没有必要发表的客观现象，他因此保持了沉默。直到20世纪20年代

[①] 中村元，《佛教用语大辞典（简缩版）》，东京书籍，1981年。
[②] 关于荣格的曼荼罗体验，他自己在《自传》中有描述。安妮拉·亚菲（Aniela Jaffé）编，河合隼雄等译，《荣格自传》1，美篶（みすず）书房，1972年［请参照 C. G. 荣格，河合隼雄译，《红书》，创元社，2010年］。

末，荣格接触到东方的曼荼罗后，他发现自己的经验与之相似。于是，荣格提出曼荼罗图形对于现代人的重要性的观点，但在当时并没有引起人们的重视。

到了20世纪70年代，以欧洲基督教为中心的世界观的绝对地位摇摇欲坠，随着现代人面临强烈不安的问题的增加，荣格所提出的曼荼罗才受到越来越多的关注。与此同时，中国的西藏佛教僧侣移居欧美，他们也致力于推广这一思想。于是，曼荼罗迅速蔓延，为普通人所熟知。

人们把自己的世界观、人生观作为统合性的事物用图像的形式表达出来，并把它作为观想或礼拜的对象。曼荼罗是与密教相关的宗教性传统，但从广义上加以解释的话，可以认为某个个人作为其世界观、人生观的表达而创作的图像，也是一种曼荼罗。

因此，此处所使用的"紫曼荼罗"概念，是笔者将紫式部在《源氏物语》中所展现的她对人的看法以及世界观，适当加以图形化的结果。它既属于紫式部，其中也有笔者的解释，因为是笔者把原本用语言描述的物语，通过图像表现出来的。如果有人从《源氏物语》中读出与笔者不同的曼荼罗结构，我也完全不反对。

曼荼罗不只是二维

如图14所示，到《藤花末叶》卷为止，《源氏物语》描述了围绕在光源氏身边的众多女性形象，其内容构成了这样一个曼荼罗。我认为，紫式部这位女性在分别描绘住在自己内在世界的各个分身的同时，试图在整体上将其作为一个女性呈现，于是，她决定在中心位置设定一个非人格化的男性光源氏。若将紫式部的这一构想，按照我们目前为止依次探讨过的妻子、母亲、娼妇、女儿的分类加以总结，每个分类各占四分之一圆的形式表现出来的话，便可得到

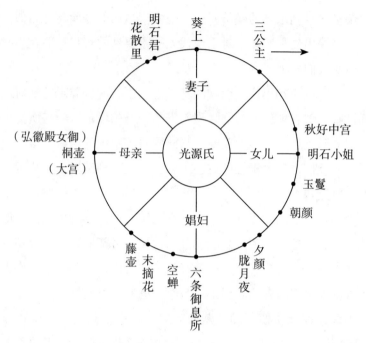

图 14　女性曼荼罗

图14（关于紫上，将于下一节单独讨论，故未列入此图）。

从上图可以很清楚地看到，这些女性虽然性格各有不同，但是她们或者相互对照，或者相互类似，正如前文我在她们之间所画的辅助线显示出来的那样，物语对她们的描绘具有整体上的统合性。紫式部精妙地表现了统一之中的多样性，不愧是一个内心丰富的人！

当我们一边回想前文探讨过的内容，一边观看此图，就会发现，女性形象的多样性跃然纸上。当我们把她们作为一位女性的内在世界状态呈现时，可以多少理解其中的动力机制。光源氏依次探访她们，并对每位女性的不同性格展开评论，有时甚至对她们加以比较，令人感觉紫式部是从整体上将其作为一个曼荼罗来观想，并玩味存在于其中的动力机制。

关于图中令人印象深刻的对立关系或者相似关系，就像我们在前文已经论述过的，最具冲击力的是，葵上与六条御息所之间的连线。这两个人的特征在于，她们渴望的不是这样的曼荼罗关系，而是一对一的男女关系。她们两人之间的轴线贯通曼荼罗的中心，如此配置，意味深长。

作为社会性的婚姻规则来说，除了一夫一妻制之外，还存在其他各种各样的不同形式，但是以内在感觉来说，除了一夫一妻制，其他都属于一对多的形式。有人身处那个"多"之中，却顽强地追求一对一的关系，这是很有意思的地方。葵上秉持"一对一关系"的执拗态度，却得不到光源氏的理解，年纪轻轻即已奔赴黄泉；六条御息所则成为追求这一梦想的物怪，不断折磨着光源氏周边的其他女性。

关于物怪现象，以下我们将以现代的视角略加探讨。今天，我们已经不再像古代那样深信物怪的存在。譬如所谓夕颜被物怪附身，在如今我们只能将其解释为光源氏与夕颜的无意识活动的突发性外在表现。

光源氏对自己与葵上婚后依然和夕颜数度偷欢的行为，并不觉得有何不妥；夕颜对于自己在与头中将生了女儿之后，又与光源氏柔情蜜意的行为，也没有觉得良心受到谴责。但在他们两人的无意识之中，或许存在着强烈的对于一对一关系的渴望。这是物怪出现的最佳条件。

光源氏与众多女性有性关系，某种意义上来说，他与她们和谐共存，但是有时候，他也会强烈地感觉到一对一的关系才是最好的，或者情不自禁地对自己的多情行为产生悔恨。而这种对男女一对一关系的向往，便作为物怪表现出来，想来十分有趣。只不过，

第四章 光的衰芒

物怪的角色全部由六条御息所承担，葵上并没有出场。究其原因，大概是因为葵上好歹身处正夫人的位置，她可以因其地位多少获得一些心理上的安定。

胧月夜是一个跳脱一夫一妻的人生观，享受完全自由的人生的女性。而与胧月夜位置相对的人物花散里，从她的表现来看，说不定她暗自坚信，她与光源氏的关系就是一对一的关系，所以在生活中，她的眼里没有其他女性。

关于朝颜与夕颜的对立性、夕颜与玉鬘的对立性，前文已经论述过，不再赘述，此处重点探讨一下图中处于两极相对位置的藤壶与三公主。她们两人都有过私通，最后也都出家为尼，这是她们的共同之处。藤壶处在靠近母亲的娼妇区域，三公主位于近似女儿形象的妻子区域，在这一点上她们两极对立。

出家既然是抛舍此世，也就意味着远离光源氏。但藤壶是在与光源氏私通后出家，三公主则是身为光源氏的妻子与柏木私通，因为事情败露而出家，所以她们两人出家的意义大不相同。三公主明显与此曼荼罗格格不入，也就是说，上述曼荼罗尚未完结。

曼荼罗未必都是二维图像，中国西藏的僧侣能够创作出三维的曼荼罗，就算是金刚界曼荼罗和胎藏届曼荼罗，也有的人主张——把它们挂在两面相对的墙上，自己坐在中间，于身处两者的动力机制中——观想的做法。它们这些都反映出人们将二维曼荼罗进一步深化的努力。

紫式部的女性曼荼罗，最初大概也以完成二维曼荼罗为目标。但是，由于三公主的存在，彻底地打破了这一构想，紫式部必须得想出一些新的方法，才能使曼荼罗得以完满。

很明显，三公主从光源氏身边离开。那些在此前已经出家的女性，以及那些拒绝与光源氏发生性关系的女性，已经显示出这样的倾向。换言之，她们开始对与光源氏这一异性的关系来界定自身产生抵触。她们不再想根据与男性的关系，将自己定位为妻子、母亲、娼妇、女儿，而是要追寻作为女性的自己，这种需求使紫式部不得不将曼荼罗进一步深化。

紫上的轨迹

最后一章将讨论有关曼荼罗深化的问题，在这之前，再就二维女性曼荼罗的话题多说几句。上一节的图14中没有紫上，而她实际上是经历了图中所有四个区域的人物，因此，她在《源氏物语》众多出场的女性中具有特殊的地位。她自己感觉如此，光源氏也只好把她区别对待。在此，我们回顾一下紫上的人生轨迹（图15）。

光源氏初次偷窥到紫上的那一年，他18岁，紫上10岁。那时，紫上还是一个少女，而光源氏不仅已于12岁结婚，而且当时已经有与空蝉、夕颜、六条御息所等人的丰富情史。紫上的父亲是兵部卿亲王（也叫式部卿亲王），母亲是按察大纳言之女，都在紫上年幼

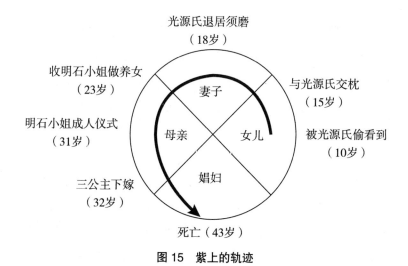

图 15　紫上的轨迹

第四章　光的衰芒

时去世。紫上也是一种"父之女"。

后来，光源氏在退居须磨期间，委托她处理二条院的大小事务。而且，她也没有生育子嗣，这都说明她身上具有相当强的父性因素。紫上是藤壶的侄女，光源氏偷看到她时，就觉得她的相貌酷似藤壶并因而落泪。对光源氏来说，紫上是作为兼备父性与母性的永远之女性形象而出现的。

光源氏听说紫上的父亲要把她从外祖母处接回身边抚养的消息后，抢先一步将她接入了自己居住的二条院的西厢房，说白了，就是从她父亲手里把她强夺过来的。很长一段时间内，光源氏把紫上当作"女儿"宠爱，还会时不时地把她抱在怀里。他教她弹琴，享受她成长的喜悦。紫上也认为自己是他的女儿，从未起疑心。

葵上死后，光源氏与紫上交枕，这对紫上是一个很大的冲击。尽管光源氏举行供奉第三夜的年糕等仪式，以正式"结婚"的形式向她表明自己的诚意，紫上心中所受的打击依然难以平复。从女儿向妻子的变化，需要以内在世界的死亡体验为代价。这一年，紫上15岁。

拟似性的父女关系非常危险。现代社会，那些陷入办公室恋情的男女，大多在刚开始时也自以为他们之间是父女关系。曾有男人说："我是以父亲对女儿的纯粹情感接近她的。"真是令人哭笑不得。这些人看上去似乎认为男女之间的性关系不纯洁，究其实倒也未必。不纯洁的父女关系比比皆是，而这种轻易妄为，只会催生毁灭。

然而，光源氏与紫上的关系却并未因此毁灭。由于心理冲击过大，紫上在新婚后的一段时间里对光源氏有些疏远，不过后来还是作为光源氏的妻子一步步地成长起来，他们逐渐建立起琴瑟相和的夫妻关系。然而就在此时，发生了光源氏谪居须磨的事件。

一旦生活开始顺遂，便会有意外发生，这就是紫上的人生。此后，紫上历经各种人生体验，她37岁时回顾自己的人生之路，对光源氏说："在旁人看来，我这微不足道之身，享受了过分的幸福。谁知我心中一向怀着难于堪忍的痛苦呢。为此我自己常向神佛祈祷。"（《新菜下》卷）

在别人眼中，自己的人生简直是幸福得过分，殊不知自己心中实在苦不堪言，这应该是紫上的肺腑之言。从"为此我自己常向神佛祈祷"这句话中，可以看到她应对人生的姿态。

退居须磨一事，对于紫上来说，打击并不严重。虽然她因此不得不与光源氏分居两地，光源氏马失前蹄也是一件痛苦的事，但她反而得以确信，光源氏对她信赖深厚。

光源氏把他平时惯用的镜子交给紫上保管，又全权委托她管理家产，而且，光源氏退居须磨期间，两人书信来往频繁，紫上因此深信光源氏对她的爱情值得信赖。未料就在此时，光源氏送来一封信，信中隐约告诉她明石君一事。无论光源氏的写法多么轻描淡写，紫上直觉地感受到光源氏的心理变化，她的苦恼无比深重。

光源氏从须磨返回京城，她自然非常高兴，可是没过多久，紫上就被告知明石君生下一女。如前所述，对于当时的高等贵族来说，女儿比儿子更重要。紫上一定受到了堪比失去正妻之位的打击。

这一年，紫上刚刚20岁。尽管当时和现在对于同一年龄的感觉非常不同，但此时的她，内心之痛苦想必超乎想象，况且，她没有一个自己的家，可以让她在受伤时哭着回去寻求安慰。即便她有时深深地怨恨光源氏，却也只能和他生活在一起，别无他法。

紫上忍耐着坚守自己痛苦的妻子宝座，加之光源氏的灵活操作以及明石君的让步，最终明石小姐作为养女来到她的身边。曾经互相高高燃起嫉妒之火的两位女性，被各自的贤明智慧所拯救，从此形成前述稳定的等腰三角形的关系。

于是，紫上虽然没有生育，却有了为人"母"的体验。这一年，紫上23岁。她心理成长的速度之快，令人惊讶。当然，她只是做了明石小姐的母亲，而不是光源氏的母亲。不过从物语后面的展开来看，她在心理上体验到了作为光源氏母亲的心境。

当光源氏老调重弹，对朝颜和玉鬘又起邪念时，紫上对这些事情，用一种光源氏母亲的心态旁观。她为人妻、为人母的宝座，似乎已经十分坚固，不可撼动。

然而，紫上的人生苦恼无穷无尽，三公主下嫁一事从天而降。此前紫上虽然屡次为光源氏的女性关系所困扰，但是她的妻子之位一直十分稳固。正因为她有这个自信，才会容许其他女性也住进六条院里来。可是，暂且不说心理上怎样，单就当时的身份概念而言，三公主才是正妻无疑，这意味着紫上被驱赶到娼妇的位置。

在历经女儿、妻子、母亲的角色之后，她不得不在晚年品尝"娼妇"的心境，这对她来说无法忍受。可是，与当年得知明石君的消息时一样，她无处可逃。她的内心波涛翻涌，表面上却宠辱不惊，甚至还劝光源氏多去三公主处留宿。

得知三公主下嫁时，紫上已经下定决心，与其说她进入"娼妇"的世界，不如说她已经抛舍此世。"娼妇"的世界时常会与神圣世界相通，她独自一人进入其中。以前她一直把光源氏作为依靠，然而多年的经历告诉她，无论对方多么优秀，将一个男人作为依靠的人生毫无意义，于是，她决定独自一人去往彼世。正因如此，她才能平静地对待明石小姐入宫及其后来的生产、光源氏荣登准太上皇之位等大事，并与其他女性和睦相处。

紫上找到合适的时机，向光源氏表达了出家的愿望："我已经到了看透人世的年纪，请准许我了结出家心愿。"(《新菜下》卷)此言当为紫上心声。

紫上经历遍了曼荼罗的四个区域。她渴望出家，光源氏却对她的请求深感意外，坚决不应允。他给出的理由是，自己早就想出家，因为担心紫上一人寂寞孤独，才迟迟没有付诸行动。

光源氏真正想说的是，你要是出家了，留下我一个人该如何是好？当光源氏看到紫上已经不再依赖自己，她可以走出属于她自己的道路的时候，他终于明白，原来一直都是自己离不开她。

此后，紫上患疾，甚至一度病危。这时，六条御息所的物怪再次现身，说明光源氏与紫上之间潜藏着对一夫一妻的强烈希求。这一渴望完全是潜在性的，而意识层面上的表现，则是紫上在病愈之后，比之前更加和谐地与共同居住在六条院里的其他女性交往、生活。在她43岁的时候，她或许感到死期将至，留下遗言，将二条院送给明石中宫的儿子匂宫，最后在光源氏和明石中宫的陪护下，静静地停止了呼吸。

在这期间，紫上几次要求出家，光源氏直到最后也没有应允。紫上死后，他命夕雾准备为紫上落发事宜，这是他能做的最大限度的事。我们从中清楚地看到两个身影：一个是想要斩断男性羁绊，一个人独自面对人生的女性；另一个是没有女性便无法生活的男性。

作者紫式部对于经历遍了女性曼荼罗世界的紫上，强烈地感受到她与自己的合体，也是自然而然的事。紫式部在此时意识到，描绘不受男性束缚的女性形象，正是自己接下来的任务。

六条院曼荼罗

紫上的死直接与光源氏的死相关，但在论述光源氏的死之前，我们有必要先探讨一下另外一个曼荼罗表达，那就是光源氏的府邸六条院。光源氏原本在二条有住所，后来得到包括六条御息所名下土地的大约四万平方米的地块，他在上面修建了宏大的六条院府邸。六条院被分为四个区域，东南区域住的是紫上和光源氏，西南区域住的是秋好中宫，东北区域是花散里，西北区域是明石君。末摘花和空蝉住在二条东院。

本书的序言部分曾经提到，在我与三田村雅子、河添房江、松井健儿的座谈[①]时，他们指出了这种四分住宅结构与"沙盘疗法"的关联，当时我非常惊讶。沙盘疗法是笔者作为心理治疗师经常使用的工具，它是通过让前来的咨询者在沙盘中创作他所喜欢的作品，来进行治疗的一种方式。它建立在空间象征的理论基础之上，通过观察人们使用沙盘的哪些区域，以及如何使用这些区域，来获得各种各样的象征意义。

在沙盘作品中，有时也会看到很精彩的曼荼罗图形。此外，最近我看到高桥文二的著作《源氏物语的时空与想象力》，其中有一个章节叫作"沙盘疗法"与"六条院"，不禁对国文学者的视野之广阔深表惊讶和折服。本书的这一节，也是受到以上各位的启发而设置的，我将参考大家的研究，提出笔者自己的一些思考。

六条院的特点，在于它按照春、夏、秋、冬四个季节，赋予四部分庭院不同的属性。物语这样描绘六条院四个区域的景观："东南一区，假山筑得很高，遍植春季花木。池塘造得极富情趣，庭前特意种植五叶松、红梅、樱花、紫藤、棠棣、杜鹃等充满春季情趣的花木，其间又疏疏地杂植各种秋花。"（《少女》卷）

---

① 河合隼雄、三田村雅子、河添房江、松井健儿，《源氏物语 心灵的探讨》,《源氏研究》第四号，翰林书房，1999年。

东南庭院主题为"春",故以春季花木为主,间或杂以秋季草木;西南庭院主题为"秋",故以红叶树木为主,搭配瀑布,以赏淙淙水声;东北庭院主题为"夏",故以夏季遮阴树木为主,配以水晶花的垣篱;西北庭院主题为"冬",故以适合赏雪景的松树为主,配以初冬朝霜的最佳搭档菊花篱。

在这四个庭院里,东南院住的是紫上,西南院为秋好中宫,东北院为花散里,西北院为明石君。光源氏住在东南院,并不时走访住在其他三个庭院中的女性。

花散里处寄养着玉鬘与夕雾;明石君虽育有一女,但如前文所述,她的女儿明石小姐做了紫上的养女,所以明石小姐也住在东南"春"院之中。秋好中宫身为中宫住在皇宫里,省亲时会住在六条院。

如此这般,各自住所已经安排妥当之际,三公主突然下嫁,住进东南院。可想而知,此事对紫上的打击何等沉重!

如何理解这个住宅曼荼罗,是一个非常值得探讨的课题,不过说到把住宅与四季相结合的起源,应该来自中国。御伽草子①里《浦岛太郎》的故事明显受到中国的影响,其中对龙宫城有如下描述:从其东窗可见春季景色,南窗可见夏季景色,西窗有秋景,北窗有冬景。四季同时共存,说明龙宫城具有超越时间法则的整体性。

六条院里的四季不是超越时间的共存状态,随着四季流转可以欣赏到不同季节的美景,但是从整个六条院来看,它也呈现出一种整体性。不过,龙宫与六条院虽然都使用了四季,其使用方法却存在微妙差异。

---

① 御伽草子是创作于14—16世纪、作者不详的短篇物语的总称,其作品含《浦岛太郎》《一寸法师》等。御伽草子是大众文学的代表,故事的特点为主人公多是普通百姓,与之前多以贵族为主人公的物语形成对比。——译者注

龙宫城以东南西北为序对应春夏秋冬，从东方开始，按照顺时针方向转动一圈的顺序逐个描述。六条院则以春、夏、秋、冬为序，其方位与四季循环并无对应。这是为什么呢？

第一个原因在于两者的结构不同。龙宫城以龙宫为中心，四周环绕着四季庭院；六条院则没有中心，只是按照季节一分为四。第二个原因在于两者对方位的感觉不同。中国说东南西北，日本则说东西南北，这对两个故事的差异应该也有影响。

龙宫的四季是以东南西北为序，绕中心一周。图16是以龙宫为中心、四季共存的曼荼罗。

与之相对，六条院可以说是一个没有中心的曼荼罗（图17），这一点非常有趣。

接下来探讨一下方位的问题。中国以南北轴为重，以北方为上位的纵轴为主，东西向的横轴与之交叉。这体现了重视北极星，并将北极星视作天子象征的思想。

日本输入了中国的这一思想，平城京和平安京均依此理念建成。但是日本认为自己是日出之国，所以原本存在重视东方的传统

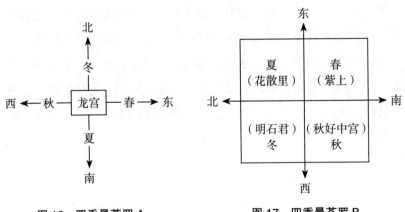

图16　四季曼荼罗 A　　　　图17　四季曼荼罗 B

思想。比起北极星，人们更多地将天皇与太阳联系在一起。于是，东西轴受到重视并被作为纵轴，南北轴则成为横轴。这可能导致平安时代的日本人在空间象征方面出现了混乱。

池浩三在其论文《〈源氏物语〉的住宅》①中指出，中国的宫殿以南北轴线贯穿，"儒教是一种专制君主、父系制社会的思想，对于实行招婿婚的平安前中期的母系制贵族社会来说，这种中国的住宅形式和礼仪均难以全盘接受"。于是，在寝殿造这一住宅建筑形式中，为了更好地适应日本的制度，"折中为东西主轴，建造了东西向的大门、中门。我认为这是寝殿造形成的原因"。

因此，我在考虑六条院曼荼罗的时候，如图17所示，采取了以东方为上位、以东西轴为优先的表现形式。如此可以看到，紫上与秋好中宫这些华丽的女性占据了南侧，北侧则以相协之势，配置了花散里、明石君等朴素型的女性。而从季节上来说，春季和秋季受到格外重视（物语中甚至有一半是消遣的春秋优劣评论），夏季和冬季只能屈居从属之位。

《源氏物语》对六条院的描写也以春、秋、夏、冬为序，移居六条院的女性亦依此顺序迁入。而明石君在众人搬入后才悄然入住。

由六条院曼荼罗来看，它呈现出一个没有中心的女性（此时为四人）曼荼罗构造，光源氏成为一个既重要又不重要的存在。总之，住在六条院的是紫式部四个典型的分身，其设想是由她们构成一个协调的整体。

如物语描述光源氏分别造访以上女性所示，这些女性以同一位

---

① 池浩三，《〈源氏物语〉的住宅》，五岛邦治监修，《源氏物语 六条院的生活》，青幻舍，1999年。

第四章 光的衰芒

男性的存在为前提,确立了各自的生活样态。但是,这一曼荼罗的和谐,因为三公主的突然侵入而被打破,光源氏也因此失去了他的存在价值。

随风而逝的光源氏

紫上死后,光源氏深居简出,只保留一些个人交往关系,官方人物一概不见。他总是睹物思人,时常怀念紫上,泪湿衣襟。

光源氏与向来稔熟的侍女中将君亲切交谈,不过也去三公主和明石君处拜访,而这一切,都使他越来越明确地认识到自己的心只属于紫上。

季节的移转变化亦皆引发对已故之人的怀念,光源氏不愿让人看到他泪水涟涟的样子,不再在众人面前现身,进而将自己退居须磨时与紫上来往的书信也命人毁弃,付之一炬。光源氏的出家意志日渐坚定。

众所周知,《云隐》一卷暗示了光源氏之死,却只有题目而没有内容。此卷之后,故事从光源氏死后八年展开。物语对紫上死时的状况描写得极为详细,而对于光源氏去世的情况,却全无涉及。

如本章开首所说,被紫式部放在自己各个分身中央的光源氏,逐渐成为一个具有自律性的人物,开始自主行动。于是,光源氏接近秋好中宫、朝颜和玉鬘,尤其对玉鬘颇为执着,但是最终,他并没有和这三位女性发生性关系。

这与光源氏在物语开始时的男女关系状态风格迥异。从此以后,光源氏与紫上的关系变成个人化的极其细腻的关系。最具深意的是,光源氏面对紫上谈论起他身边的各位女性,不仅提到自己不曾告人的秘密,而且相当坦率地对她们各自的性格加以比较和评判。

光源氏脱离作者的意图擅自行动，紫式部在与之斗争的过程中，逐渐忘记了她最初赋予他的功能，开始爱上了他——尽管这样说听来有些奇怪。因此，紫上作为紫式部的代表开始活跃，从而产生了作者将她对自己各个分身的评论，借光源氏之口，以紫上作为倾诉对象来描述的形式。

　　光源氏与紫上的关系日渐紧密，当我们以为紫式部当初的创作构想可能会发生变化之时，故事急转直下，描述了三公主下嫁以及她与柏木的私通。也就是说，故事没能以光源氏与紫上一对一的关系落下帷幕。

　　紫上深知，无论对方多么优秀，都不能将自己完全托付给他。反倒是只有在自己争取走自己的路时，男性才会对自己产生依赖感。

　　或许紫式部本身曾经有过相同的经历，当然史实如何无从知晓。但是，作为物语来说，处于如鱼得水关系中的紫上与光源氏，无法被使用于描述一位无依无靠的女性的生活轨迹。因此，需要一位新的主人公出现。

　　如前文所述，在二维平面上展开的女性曼荼罗大致形成一个整体，但并未完成。紫上历尽此世的悲欢离合，撒手人寰，此时，光源氏失去其存在的意义。如同他最初登场时不具独立人格特性一样，他的谢幕也是如此。光源氏随风而逝，物语却不能对其死亡进行描绘，因为这样的描写，只适用于具有独立人格的人物。

　　大概紫式部并没有写作《云隐》一卷的打算，作者的意图只在于提示我们：回过神来时才发现，光源氏已然离去。因为光源氏的作用已经随着紫上的死亡而结束。

　　尽管如此，正如我多次提到的，光源氏的人物表现十分复杂。他原本是一个不具存在感的人物，有时却又是一位魅力四射、独具人格的男性。他在不知不觉间飘然而逝，未免令人扼腕叹息。

本章以《光的衰芒》为题，但是实际上并不存在"衰芒"一词，这是笔者自己创造的词语。

一开始本打算以《光的衰退》为本章题目，后来觉得"衰退"一词与光源氏不符，于是借"光芒"一词中的"芒"字，创造了"衰芒"一词。意思是尽管光源氏的光芒衰退，其残留的光芒依然长留人间。而事实上，在我们下一章要讨论的人物身上，的确能够看到光源氏的影子。

或许紫式部也有同样的想法，她在描述平日不再露面，只在作为年末传统活动的念佛日现身的光源氏时写道："这一天源氏住在外殿，他的容貌比往年更添光彩，映丽无比。这老年的僧人看了，不觉感动得流下泪来。"（《魔法使》卷）其光彩照人，胜于当年，却也正如蜡烛熄灭之前那一瞬间的耀眼。

第五章
作为独立的"个体"存在

紫式部在思考自己作为一位女性的存在状态的过程中，逐渐意识到其多样性与多面性，从而试图通过将一位男性人物光源氏置于中心位置，以曼荼罗的形式将其表现出来。但是，她对此结果并不满意，感到有进一步深化的必要。

于是，感受女性脱离被男性定义角色的束缚而作为独立个体的存在状态，便成为紫式部面临的下一个课题。然而，这个课题已经不能通过光源氏的物语加以表达，而必须等他死后，重新开启一个新的物语。这就是《宇治》十卷。因此，《宇治》十卷与之前的物语相比变化显著。在此期间，紫式部本人或许也发生了很大的变化。

关于紫式部是否在《源氏物语》执笔之初，就有对作为光源氏身后物语的《宇治》十卷的整体构想，此事不得而知。不过，《云隐》之后的三卷，其文字给人的感觉，是光源氏已然消逝，而后面的故事该如何展开尚不清晰。但当确定以居住在"宇治"的小姐们为主题之后，物语便渐次拓展开去。后文我们还会提到，正是将舞台转移到宇治这一构想，为物语新的展开带来动力。

本章的研究对象为《宇治》十卷，有意思的是在这十卷物语中，紫式部为了探究女性新的生存方式，将光源氏这位男性形象分身为薰和匂宫两个人。在探讨这两个人之前，我们先来看一下夕雾这位男性人物。夕雾是光源氏的儿子，但在男女关系方面却与父亲大相径庭。可以说，这是对新的女性形象即将诞生的预告。

一　男女关系的新形态

从现代的观点来看，平安时代贵族的男女关系十分特殊。那时候，即便是正式结婚，一般也均由父母决定，女性从未与对方见过面。当然，在结婚之前，男女两人之间会有和歌赠答，借此可以了解一点对方的教养和爱好，但也不排除会有请人代笔写和歌的情况。总之，经过父母同意，男性作为被选中的女婿前来女性家夜宿，但因为是在夜间，双方并不能看清楚彼此的相貌。三天之后，终于到了"结婚宴"的日子，男女双方见面，分发喜饼，婚姻便正式成立。如此这般，有时候难免会出现在婚宴当天，双方看到对方的样貌时，不由得大吃一惊的情况。

有的时候，也会发生因为男性偶然偷看到女性，一见钟情而热心前来追求的情况。但是在这种情况下，女性也不会看到男性。因此，在王朝物语中找不到西方中世贵族男女之间"浪漫爱情"的踪影，王朝物语所描绘的男女之爱与"浪漫爱情"性质迥异。

在光源氏的女性关系中，有两位女性事先见过光源氏，她们是夕颜与藤壶。但是她们两人在此之前都已经有过男女经验，她们与光源氏的爱情显然都不可能发展到结婚的状态。事实上，她们两人与光源氏的关系皆以悲剧告终。

而光源氏之外的男性，在整个《源氏物语》中，男女双方互相见过对方并且女方出身于贵族之家的，也只有我们接下来要探讨的夕雾与云居雁这一对，此外无他。

由此来看，《源氏物语》对这两个人恋情的描述值得注意。这样的恋情在当时实属罕见，写出这个故事的紫式部不愧是一位出类拔萃的作者。

儿子夕雾之恋

夕雾是光源氏与葵上的儿子，一直跟随母亲葵上生活，母亲死后，他在葵上的父亲（左大臣，后为太政大臣）家中被抚养长大。孩子在母亲的娘家长大，这在当时屡见不鲜。太政大臣死后，葵上的母亲即夕雾的外祖母大宫，继续抚养夕雾。

话说大宫府上还养育着她的一个孙女，这个女孩就是大宫的儿子头中将（实际上这段故事开始时，他已经晋升为右大将）的女儿云居雁。头中将儿女众多，不过云居雁并不是他与正妻之间的嫡女，而是一个与头中将断绝交往后嫁给按察大纳言为妻的女性所生。云居雁的母亲因担心她与继父一起生活会有诸多不便，而把她送到祖母身边。

当时，即便是亲戚之间也会注意男女授受不亲，不过由于夕雾和云居雁年纪尚幼，行动因而比较自由，两人经常一起游戏。斗转星移，两人到了懵懵懂懂的年纪，夕雾对云居雁心生爱恋，云居雁亦对他有意。虽然还有些稚嫩，两人却已开始互通情书。他们各自身边的乳母知道此事，均予以默许。

不久之后，12岁的夕雾举行了元服成人礼。他的父亲光源氏身为内大臣，完全可以让夕雾得到四品官位，但是光源氏认为教子应该严格，特意只给了他六品官位，并送他入大学寮研习学问。

夕雾虽有不满，但依然听从父亲的安排，并在大学寮取得优异成绩。在此期间，光源氏为了让夕雾一心向学，在自己的府上为他备下一室。夕雾虽住在光源氏处,可是他仍会不时造访大宫府邸,与云居雁也保持着以往的关系。

其时,光源氏晋升为太政大臣,头中将晋升为内大臣,两人皆权倾一时。光源氏退居须磨时,头中将不顾凶险前往探望,说明他们关系亲密,但是他们之间也有作为男人的竞争意识。头中将的女儿弘徽殿女御很久以前已经入宫侍驾,却不承想由光源氏代行父母之责加以照顾的秋好中宫争得帝宠,被立为皇后。头中将怒气难平,欲将云居雁嫁给东宫太子,于是前往大宫处商议,却恰巧听到乳母们闲话夕雾与云居雁交往之事。

头中将闻言暴跳如雷,指责大宫对云居雁管教不严,对秋好中宫立后一事的怒火无处发泄,转而强行要求弘徽殿女御回家探亲,并以女御需要陪伴为由,把云居雁带回自己府中。这都是他对光源氏的竞争意识在作怪。云居雁此时别无他法,只有遵从父亲之命。

值得注意的是,不同的女性对云居雁父亲的决定有着不同的反应。云居雁的乳母对此举双手赞成,她认为无论夕雾多么优秀,充其量不过是个"六品臣下",根本配不上云居雁小姐。由此看来,与皇室建立关系才最为重要。

而夕雾的乳母却气愤填膺,对内大臣如此轻视出类拔萃的夕雾表示极为不满。当然这话无法直接对内大臣说,而是说给了大宫听。

大宫对此事的态度,表现了一位慈祥的祖母该有的样子。她瞒着头中将,偷偷地让夕雾与云居雁见面。夕雾怨恨内大臣带走云居雁,对她说,后悔从前有较多的见面机会却没有常常相聚,云居雁答道,她也有同样的想法。夕雾接着"问:'你想念我么?'云居雁微微地点点头,竟是小孩的模样。"(《少女》卷)两人情意绵绵,互诉衷肠,内大臣来接云居雁的时间却已步步逼近。

如前所示，云居雁乳母之言对夕雾有轻蔑之意，夕雾闻言后吟咏和歌曰：

羡他血泪沾双袖，浅绿何年得变红？

浅绿也是六品官服的颜色，此和歌是对云居雁乳母的反击，责怪她不了解自己血泪直流的心情而妄言之。云居雁答歌曰：

妾身薄命多忧患，你我因缘不可知！

还没说完，内大臣已经来接云居雁，两人匆匆分别。夕雾一人留在大宫府中，唏嘘不已。

年轻男女面对面地明明白白互诉衷肠，这一段男女关系在当时来说，应该相当"新派"。这样的恋爱关系发生在光源氏的儿子夕雾身上，而不是发生在其他人身上，充分体现了紫式部过人的文学才能。

夕雾与云居雁的恋爱极其近似西方的浪漫爱情，他们的恋爱受到社会观念（头中将为其体现者）的强烈阻碍，在这一点上，也与浪漫爱情非常相似。

但是，之后的故事则与浪漫爱情背道而驰。云居雁谨遵父命，轻而易举地被父亲带走；夕雾则一味地克制忍耐，没有采取任何积极行动。它缺乏浪漫爱情所蕴含的另一个重要因素——争斗（无论是内在意义上，还是外在意义上）。

在描述了光源氏的各种男女关系之后，紫式部在这里描写了一对一的男女关系，这一点值得特别关注，后文我们还会详细探讨。它体现了紫式部为探索男女新型关系所做的努力。

关于"横笛"

探索"新"事物时的父子关系,总是蕴含着某种紧张感。

夕雾通过建构新型男女关系,对父亲光源氏的生存方式进行挑战。不过,父子之间的对立转变为夕雾与头中将的对立。如前一章中"父与子的纠葛与对立"一节所述,光源氏与夕雾、头中将与柏木这两组父子关系演变为错综复杂的人际关系。

编织这两组父子图案的一条丝线就是横笛。当时,横笛属于男性演奏的乐器,女性不能吹奏。正因如此,横笛作为父子关系的象征,以及男女关系中男性一方的象征,经常出现在各种王朝物语中,《源氏物语》也不例外。

首先来看一下《少女》卷的卷首对头中将与夕雾的描写。前文提及过,夕雾与云居雁确立了恋爱关系,头中将被蒙在鼓里,一无所知。夕雾在元服成人礼后,住在父亲光源氏府上,专心钻研学问,但仍然会不时地造访从小长大的大宫府邸。当然,去见住在那里的云居雁也是目的之一。

对此事毫无觉察的头中将,有一天来探望母亲大宫。他让女儿云居雁弹琴,大宫也弹起琵琶,头中将与她们合奏,弹起和琴。正当一家人其乐融融之际,夕雾走进来。对头中将来说,夕雾相当于他的外甥,加之他与光源氏交情深厚,对夕雾也就更加亲密。他对夕雾说,努力研习学问固然是好事,提升个人兴趣也很重要。他边说边递给夕雾一支横笛,好像在说:"你也算是个男子汉了。"

夕雾应声接下笛子,"吹得生趣洋溢,非常悦耳"。头中将深受感染,和着拍子唱起来。看这幅图景,似乎夕雾已经融入这个家庭里,然而等天色渐黑,饭菜与水果端上来之后,头中将便命令云居雁回到她自己的房间里去。

这一段非常重要。云居雁与父亲、祖母正在其乐融融地演奏乐器，头中将递给此时来访的夕雾一支横笛，此行为具有相当的亲近感，也体现了头中将承认夕雾已经成长为一个男子汉。夕雾不负所望，横笛吹得悠扬悦耳，连头中将也不由得忘情其中。

此时，如果头中将让云居雁也来弹奏和琴，那么夕雾与云居雁的关系便可以更进一步。但是，通过让云居雁退回自己的房间，头中将为他与夕雾之间的亲密程度明确地画了一条界线——咱们的关系仅此而已。真是一副不容忤逆的严父模样。与民间故事中那些自始至终对女儿的求婚者采取敌对态度的父亲形象不同，头中将既优雅又亲切，但同时也有寸步不让的强硬。

然而，夕雾的强硬不输头中将。只不过这不是战斗的强硬，而是等待的强硬。他拒绝别人为他提亲，一等就是五年，最后终于成功与云居雁结婚。可以说，这与他父亲光源氏的恋爱正好相反。夕雾与云居雁的关系是一种新型的男女关系，但是它与西方的浪漫爱情不同。故事并未就此结束，下一个"横笛"物语还在等待着夕雾。

夕雾与云居雁称心如意喜结连理，保持着一夫一妻的关系。此时，发生了好友柏木遭逢不伦之恋，抑郁而死之事。夕雾因为曾受柏木临终托付，前往柏木遗孀落叶公主和她的母亲一条御息所的住处（一条宫）拜访。落叶公主刚刚正在弹奏和琴，尚不及收拾好和琴，夕雾已经被侍女带到她所在的厢房。落叶公主退入帘内，留下一阵衣衫窸窣的声响和芬芳的衣香。

夕雾拉过那把和琴来看，"但见弦音合着律调，分明是经常弹奏的，琴上染着奏者的衣香，令人觉得可亲"。夕雾对落叶公主有些心动，却又想道："在此情景之下，若是个肆无忌惮的色情男儿，会显出不成样子的丑态来；流传可耻的恶名呢！"他一面如此想象，一面试弹和琴。

第五章 作为独立的"个体"存在

这一段描写实在巧妙。死脑筋的夕雾全心全意埋头于与云居雁的关系，他认为自己完全没有好色之心。可是，他一方面想着，自己还好，如果是好色之人，此时肯定会失去自制了；另一方面，他的手已经不自觉地弹起了和琴。他的无意识活动表现在手的动作中。

一条御息所来接待夕雾，但他以和琴为借口，希望落叶公主弹奏一曲，以之作为对故人柏木的怀念。落叶公主没有答应，夕雾亦未强求。当月亮升起，群雁飞鸣，落叶公主情不自禁，轻轻地弹起古筝。

夕雾对公主愈发倾心，弹奏起琵琶，并与公主略作和歌应答。夕雾说时间已晚，就此告辞，又约定日后再来。临走时，他留下一句意味深长的话："但愿此琴调子依然不变。世间常有变调之事，不免教人担心。"

此时，一条御息所送给夕雾一支横笛，并说因为此笛历史悠久，不忍使其埋没于自己的蓬门陋室之中。的确，横笛作为属于男性的乐器，对于只有女性的家庭实属多余之物。夕雾拿起笛来试吹，吹了半曲便停下，说实在不好意思吹奏这支名笛。

先是乐器合奏，然后是横笛赠答与演奏，这两段分别由头中将和一条御息所赠给夕雾横笛的插曲，实际上表达了多重含义。当时的人们，大概就从这简单的一举手一投足、一言半语之中感受到丰富的意义，并通过无意识的行动与言语了解自己的内心，也可能因此产生误解或者自以为是。

夕雾带着一条御息所赠送的横笛回到家，当夜梦见柏木。梦中柏木咏歌道：

愿教笛上精深曲，永远留传付子孙。

并说夕雾不是他想把这支横笛留传给的人。从柏木的和歌推测，他是希望把横笛传给自己的子孙，而不是送给夕雾。可是夕雾认为柏木并没有留下什么子孙，所以觉得这个梦难以理解。

第二天，夕雾去六条院探望父亲光源氏。在那里，他见到三公主的儿子（也被世人认为是光源氏的儿子）薰。看到薰的长相酷似柏木，他恍然大悟，同时又觉得难以置信。

夕雾怀着复杂的心情面对光源氏，告诉他一条御息所送给自己横笛之事以及昨夜的梦境。光源氏立刻明白柏木是想把横笛传给柏木自己的儿子薰，但他不动声色地谈了些这支横笛的来历，并提出由他来保管横笛。

夕雾想借此机会一举探明真相，于是追问父亲光源氏，柏木临终之际对自己说他因故被光源氏误解，深感惶恐，不知是怎么一回事？老练狡猾的父亲揣着明白装糊涂，夕雾也不便再做深究。

围绕横笛的亲子对决被回避，稀里糊涂了事。但是，作为夕雾来说，通过此事，他意识到自己成长为一个能够以成人的方式与父亲对抗的男人。

苦恼的男性

西方（尤其是美国）现代人对浪漫爱情的信奉简直可以称为"信仰"，并且因为无法超越这种信奉而产生一些问题，对此，我们在第二章中已有探讨。荣格派分析学家罗伯特·约翰逊指出，西方人"作为一个社会，还没有学会应对浪漫爱情可怕力量的方法。我们不是把它用来建立可持续的人际关系，而是用来制造悲剧与疏离"。

这是现代美国极为大胆又直击真相的发言，存在于那些信奉浪漫爱情的美国夫妻之间的高频离婚悲剧及疏离感，就是最好的证明。

如前文所述，紫式部在王朝物语中极为罕见地描写了非常近似浪漫爱情的恋爱故事，同时她也深知它必然会导致"悲剧与疏离"。悲剧体现在柏木身上，疏离则体现在夕雾身上。柏木对三公主的爱情以悲剧告终，夕雾与云居雁的相亲相爱向"疏离"转变。

如此想来，突然发现西方的浪漫爱情物语，几乎都以悲剧或结婚作为结局。浪漫爱情的物语如果在结婚之后继续展开的话，恐怕一定会在某个时刻产生"悲剧与疏离"。紫式部在写完夕雾与云居雁可喜可贺的结婚之后，并没有为他们的物语落下帷幕，而是以清醒的目光审视着他们的关系，继续描绘下去。我想紫式部一定是个非常坚韧、精神强大的人。

夕雾带着一条御息所赠送的横笛回到家，紫式部对这一段情景的描写笔锋犀利。云居雁感受到夕雾似乎已对落叶公主动情，故意早早躺下装睡。夕雾心绪纷繁，尚有些亢奋。他把帘子卷起，对云居雁说："今夜这么好的月亮，竟有人不要看啊！"云居雁对此置之不理。孩子们东一个西一个地酣睡着，此情此景与夕雾刚才在一条宫体会到的寂寥大不相同。

夕雾拿来横笛吹了一会儿，心里很想见落叶公主一面，又想到妻子云居雁太过好强。这段文字对相亲相爱的夫妻进入中年时期的心理活动描写得入木三分（《横笛》卷）。

夕雾给落叶公主写信却没有得到回音，他强行在落叶公主处留宿，但公主自始至终没有以身相许。可是一条御息所却误以为夕雾与落叶公主发生了关系，悲痛之余，病重去世。夕雾一手操办丧礼，对落叶公主发起更激烈的追求。云居雁觉察到夕雾心意的改变，既伤心又愤怒。

故事的细节从略。此处有一件事我特别想提请大家注意，那就是，这种男女关系的形态表现了作者紫式部自身的见解。光源氏听闻夕雾与落叶公主之间的传言后十分心痛,并对紫上说,看到落叶公主丧夫的事例,不免担心自己身后之事。紫上听到此话,心中想道:"女人持身之难,苦患之多,世间无出其右了。"(《夕雾》卷)接下来继续描述了紫上心中所思,我认为,这些想法表达了紫式部自身对女性生存状态的思考。

紫上随后这样想道:"如果对于悲哀之情、欢乐之趣,一概漠不关心,只管韬晦沉默,那么安得享受世间荣华之乐,慰藉人生无常之苦呢?"她认为,倘若女性明明知情识趣,却装作不解情趣的样子闭门锁居,老实度日,又如何感受此世繁华,借什么聊慰此生寂寞呢?

接下来的这一句也颇为意味深长:"况且一个女子无知无识,形同白痴,岂不辜负父母养育之恩而使他们伤心失望呢?"它把焦点放在了父母身上。最后,这段心理描写以"明知世事孰善孰恶,却将意见埋藏胸底,毕竟也太乏味了。虽然心由自主,却不知道如何才能保持恰到好处"来结束。

最后一段话暗含着对不知"世事孰善孰恶",而一味嚣张跋扈的男性们的尖锐批判,但是紫上也同样清楚地知道,女性只顾主张自我亦不可取,所以才会感叹"保持恰到好处"何等困难。

随后,夕雾强行将落叶公主从小野山庄接回整修后的一条宫。公主逃进储藏室以示反抗,但夕雾最终功夫不负有心人,达成所愿。遗憾的是,一直以来以夫妻相亲相爱为傲的云居雁气愤不过,以趋避凶神为借口,回娘家去了。

夕雾无奈,写信给云居雁,却如石沉大海。于是,他不得不亲自上门劝说云居雁回来,仍未成功。夕雾当晚留在云居雁娘家独宿,尽管让孩子们睡在身边,他心里也不踏实,"他想:'世间怎么竟会有人把恋爱当作风流韵事呢?'便觉此事深可惩戒。"夕雾已然苦不堪言。

这里呈现出的是一个带有滑稽色彩的苦恼的男性形象，他与光源氏叫嚣"我是大家都容许的"形成对照。但是，说到苦恼，光源氏在脱离作者的意图，作为独立人格开始自主行动之后，在与玉鬘的关系中也饱尝痛苦烦恼。夕雾与云居雁的恋情是夕雾故事的主线，因为得不到家人的允许，而不得不经历漫长的等待，他们一定也曾无限苦恼。对于夕雾来说，当下进退两难的苦恼与当初漫长等待时的苦恼，性质完全不同。

言及苦恼，对爱情一条道走到黑的柏木一定也非常苦恼。当然，作为这些男性的恋爱对象，那些女性也十分苦恼。不过话说回来，人没有苦恼就不会改变，大的变化一定伴随着苦恼。夕雾要追求新型的男女关系，当然不可能不苦恼。

经历了这一痛苦的过程，夕雾想出的解决办法在光源氏去世之后的《匂皇子》一卷中得到揭示。夕雾晋升至右大臣，他不想让六条院在光源氏死后荒芜下去，于是将落叶公主搬进曾是花散里住处的六条院东北院（也是夕雾作为花散里的养子常住的地方），而把自己的府邸三条殿让云居雁居住，"他自己隔日轮流住宿六条院与三条院，每处每月住15天"，迎来圆满结局。

此时距离云居雁一怒跑回娘家、夕雾左右为难之时已经过了十年，这期间发生了哪些事情，才最终达成这样的结局，物语中没有提及。以完全平等地造访两位女性的形式解决问题的方法，非常符合中规中矩的夕雾的风格（夕雾还有一位侧室藤典侍，她是夕雾的家臣惟光的女儿。因为出身差异较大，云居雁和落叶公主对她并不介意）。

与一般的等腰三角形相比，云居雁与落叶公主之间的直线中央因为有夕雾的存在，而呈现出一定程度的稳定性（图18）。

时光流转，从光源氏的时代变为夕雾的时代，作者紫式部意欲在此探寻一种新型的男女关系，但是面对这样的解决方式，她于心不甘。为了探求一种与此不同的关系，或者也可称之为一种女性新的生存方式，她将物语继续进行下去。为了使画风发生较大变化，紫式部将物语发生的场所设定在远离京都的宇治。

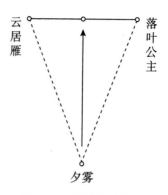

图 18　夕雾的女性关系

二　有"土地精灵"的场所

　　夕雾与其父光源氏的男女关系相比，发生了很大的变化。但紫式部对此仍不满意，她意欲有更加戏剧性的变革。上一节中我们说过，紫上从光源氏处听闻夕雾与落叶公主的事情之后所产生的对女性生存方式的种种内心想法，实际上表达的是紫式部的心声。

　　紫上对充分具有是非判断能力的女性将一切看法埋在心中的现象提出质疑，而在这段文字的最后，却以她对自己一手带大的大公主（明石中宫的女儿）的担心结束。这表明，紫上觉得自己这一代人已经无能为力，期望下一代人会有所改变。

　　实际上，物语已经发展到夕雾的下一代——薰和匂皇子活跃的时代，而他们周围的女性们的生存状态也变得十分重要。为了描写这种变化，紫式部把舞台从京都转移到宇治，这就是《宇治》十卷的故事。那么，为什么要选在宇治呢？要回答这个问题，我们必须先来探讨一下topos（场所）的意义。

　　近代人过于重视人的主体性，从而认为具有主体性的个人无论在空间里如何移动，其所处空间的性质均相同。无论身处何处，作为主体的人的状态对一切起到决定性作用。但是古代人并不这么想，他们相信每一个特定的场所都具有其固有的特性。

拉丁语"Genius Loci"这个词，可以翻译为"场所精灵"或"土地精灵"。特定场所所具有的精神性氛围，是形成文化和日常生活的一个重要因素，这就是"土地精灵"所体现的思想。日本所谓"有来历的土地"正是这个意思。在这个意义上，我们把不是单纯的地理意义上的场所，而是拥有"土地精灵"的场所称为"topos"。

人们认为，宇治这个topos原本已经具有某种精神性，而这种精神性与topos京都不同。因此，发生在宇治的人际关系也具有与京都不同的含义。

仔细想来，日本有"歌枕"[①]一词，可以说这些著名的地点正具有作为topos的重要意义。宇治当然也是一个重要的"歌枕"，所以在考察《宇治》十卷[②]之前，我们应该先探讨一下作为topos的宇治。

圣与俗的交错

如果从topos的角度对整部《源氏物语》进行论述的话，足以写成另外一本书，因此我们这里只针对宇治加以探讨。对整部物语的topos感兴趣的读者，可以参考角田文卫、加纳重文主编的《源氏物语的地理》[③]（思文阁出版）。此书如书名所示，是一部"地理"性的研究著作，但其具有topos特性的观点不容忽视。奥村恒哉在论

---

① 歌枕，指和歌中常用的地名，也是和歌的一种修辞方法，通过在和歌中咏入一些固定的地名，激起人们与此地相关的联想，明确或丰富和歌的意义。——译者注
② 《宇治》十卷指的是，《源氏物语》的后十卷，因为故事的发生地点主要与宇治有关，而被学界称为《宇治》十卷。——译者注
③ 角田文卫、加纳重文编，《源氏物语的地理》，思文阁出版，1999年。

及京都至宇治的地理时指出："所谓土地，尤其是特别有名的地方，都具有其土地本身所固有的氛围——不仅是在自然环境方面，还包括在久远的历史中所形成的东西。《源氏物语》充分地运用了这种氛围。"他又说："那些被用作歌枕的土地，只要一提它们的名字，就能够勾起听者特别的感慨。"

奥村的以上论述表达的正是topos的特点，出现在《源氏物语》中的每一方土地均有自己独特的topos性。对生活在当时的人们来说，当他们听到某个地名时，如果这个地名是歌枕之一，就可以"勾起听者特别的感慨"。紫式部自然是在对此有充分认识的前提下进行物语创作的。

上面提到的《源氏物语的地理》一书中，加纳重文推测当时巨椋池的大小，画出"源氏物语地图（京城外）"[①]，在此特地予以转载，如下页图所示。

仅从此图我们也可以推测出宇治的topos特性。宇治位于京都南侧，与北侧的山峦不同，此地给人道路开阔的感觉。不过，这条路是当时的人们去初濑参拜的必经之路，具有通往神圣世界途中之地的性质。总之，如果把都城视为世俗世界的话，宇治就是半俗半圣之地。所以，住在这里的八亲王被称为"俗圣"，正是相得益彰。

当时从都城到宇治的路途实属不易，不过据增田繁夫考证，当时从京都到宇治的"时间如果坐牛车的话大约不到两个小时，如果骑马则更快"，所以某种意义上，可以说宇治还是在首都圈内。这种位置上的微妙之处就是宇治的特性，而《宇治》十卷则巧妙地活用了这一特性。

---

① 加纳重文，《源氏物语的地理Ⅱ》。收入角田文卫、加纳重文编，《源氏物语的地理》，思文阁出版，1999年。

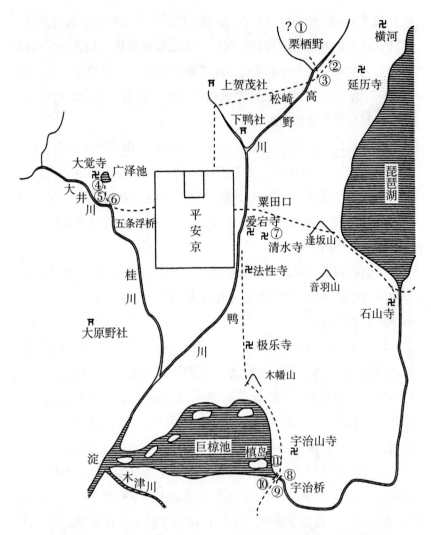

① 北山某寺　② 小野尼姑山庄　③ 落叶公主山庄　④ 嵯峨堂
⑤ 明石夫人府邸　⑥ 桂院　⑦ 夕颜山寺　⑧ 八亲王山庄
⑨ 夕雾别墅　⑩ 因幡守小宅　⑪ 宇治院

（引自：角田文卫、加纳重文编，《源氏物语的地理》，思文阁出版，1999年）

源氏物语地图（京城外）

话说回来，从这张地图来看，它也是表现《源氏物语》世界的一种曼荼罗。图中平安京的一角有光源氏居住的六条院，如前文所述的六条院本身就是曼荼罗式构造，以六条院为中心，平安京内还有二条院、夕颜宅邸、朝颜的桃园府邸等。现在我们把视线移到京城之外，其地理分布值得关注。

关于图中的宇治，我们刚刚已经说过。图中平安京的西面有明石夫人（本书中称其为明石君）的府邸，与其东面的夕颜山寺形成对应。平安京北面的小野不仅与南面的宇治相呼应，同时作为《宇治》十卷的终结之地，没有比它更合适的场所。那里的小野尼姑山庄，处在比夕雾造访过的落叶公主山庄更远僻的位置，这一点意义深远。

夕雾在落叶公主的山庄体会到静寂之感，回到平安京内自己的府邸后感受到一片喧嚣，他为两种不同感觉的对比而烦恼痛苦，不过最终还是成功地将落叶公主从山庄带回平安京。相较而言，薰则未能将浮舟带出山庄。如此想来，光源氏初次见到紫上的地点"北山某寺"的位置据推定更加往北，这说明紫式部对紫上所注入的情感非同一般。

这一曼荼罗的构造以俗世为中心，四周配置了神圣的世界。

曼荼罗研究者赖富本宏指出，曼荼罗既有从中心向四周展开的能量，同时也存在由四周指向中心的力量，两者之间的动力机制构成曼荼罗的特性。[1]

此处亦如是，以平安京为中心，各色人等往来于各处，体现了此地图曼荼罗的动力学特性。在圣与俗的交错中，产生微妙的意味，宇治正是这样一个典型场所。

---

[1] 赖富本宏，《密教与曼荼罗》，日本广播出版协会，1990年。

在远离这个比较完整的曼荼罗地图的地方，还有一片土地叫作明石、须磨，可以说那是另外一方天地。看看这张地图，便可以对光源氏退居须磨具有怎样重大的意义深有体会，同时也可以体察到，明石君入京一事需要她下定怎样的决心。

如地图所示，明石夫人的府邸位于京都西面的大井川附近，可以想见住在那里的她心情何等不安。同时也正因如此，把她迁入六条院，从而使六条院曼荼罗得以完成的意义才更加深远。

分裂的男性形象

为达到物语的戏剧性变化，紫式部将物语发生的舞台转移到宇治这一topos，在此处登场的是薰与匂皇子两位男性。他们二人的关系恰如光源氏和头中将关系的翻版。但是，从薰与匂皇子之间极为错综复杂的女性关系来看，可以认为他们两个人是由光源氏这一男性形象（话虽如此，他并不给人以独立个性人物的感觉）分裂而成。

后文我们将会详细探讨薰与匂皇子，简而言之，薰属于内向型，匂皇子属于外向型。薰做事思前想后，难以见诸行动；匂皇子则行动在前，思想在后。光源氏本是一个多样化的人物，把他一分为二，便化成了薰与匂皇子。

光源氏的嫡子夕雾试图建立与父亲不同的男女关系，却夹在两位女性之间，经历了近乎分裂的困难处境，最后采取了对她们进行隔日访问的妥协之策，但是作者紫式部显然对此并不满意。因此，她在《宇治》十卷的开头，便描绘了两个分裂开来的男性人物。

光源氏死后的第一卷故事《匂皇子》卷，开篇首句写道："光源氏逝世之后，他的许多子孙竟难得有人承继这光辉。"虽然没有人能够继承光源氏的"光辉"，但是除了地位高贵的冷泉上皇，当今天皇所生三皇子即匂皇子，以及三公主与光源氏（实际是柏木）的儿子薰，此二人均气质出众，相貌不凡。

然而作者强调：他们两人"总不像光源氏那样光彩焕发，令人炫目"。能力超凡（某些地方近乎神）的光源氏现身于凡间时，不得不分裂为两个人格，而这两个人物都不是光源氏那样"令人炫目"的存在，所以，他们生而为人的苦恼将会进一步加深。这就是此卷开篇想明确告知我们的意思。

另一方面，薰在世人中的声誉不逊于光源氏，他本人也颇为自负。他的相貌并无特别优越之处，"只是神情异常优雅，能令见者自觉羞惭。而其心境之深远，又迥非常人可比"，有种令人捉摸不透的感觉。

某种意义上来说，此乃自然而然之事。薰虽然名义上是光源氏的儿子，但他自身也感受到一些令人疑惑的地方，却又无法向任何人问询。

此身来去无踪迹，独抱疑虑可问谁？

正如薰的这首和歌所示，他对自身存在之根本怀有深深的不安，母亲年纪轻轻就削发为尼，也令他感到其中定有不可告人的秘密。

薰的特点是他特有的香气，"这香气不是这世间的香气。真奇怪：他的身体略微一动，香气便会随风飘到很远的地方，真是百步之外也闻得到的"，实属罕见，令人感觉他具有某种超越现实世界的禀赋。

《东亭》一卷中，薰造访匂皇子所在的二条院，其时有侍女评论薰的香气说："佛经中说，在种种殊胜功德之中，以香气芬芳为最，佛神这般说真是不无道理。想必，这薰大将自小便勤于修行佛法吧。"又有其他侍女说道："前世真不知他积了多少功德呢。"薰一向关心佛法，他身上的香气也被认为与佛法有关。

匂皇子不服气，竭尽所能收罗各种名香，努力不负"匂皇子"之名，但终究胜不过薰天生自带的香气。

此二人在女性关系方面恰好形成对照。匂皇子一向积极主动，薰则消极被动。有时候不小心与女性发生了关系，薰就会担心它将成为自己出家的妨碍。匂皇子作为光源氏的孙子，继承了光源氏的华丽及其丰富多彩的女性关系的那一面，与薰相比，他更像光源氏。薰更像是背负着光源氏的阴影部分，考虑到他出生的秘密，这也完全可以理解。只是，作者让他天生带有一股奇香，足见作者对他的偏爱。

他们两人在"宇治"这个地方展开剧情，而首先开拓出前往宇治之路的是薰。宇治住着一位皇族八亲王，他与光源氏同父异母，但人生不顺，遭世人背弃，与两个女儿一起住在宇治。八亲王跟随附近的阿阇黎①学习佛教，人称"俗圣"。他很想逃离俗世出家为僧，但是由于担忧两个女儿而无法实现心愿。

阿阇黎来觐见冷泉上皇时，谈起八亲王修行佛法之事。薰在一旁听到，心生向往，于是开始与八亲王书信来往，并前往拜访。薰因为追求佛法而造访宇治，这次访问却把他带往一个完全意料之外的世界。人生真是难以捉摸啊！当然，从本质上来说，薰本次造访宇治，也算得上是他向极具宗教性世界的靠近。

八亲王听说了薰的事情，感叹说：通常只有人生不幸的人，才会产生厌世之心，薰人生得意，完满无缺，却有如此深切的向佛之

---

① 阿阇黎，即和尚。——译者注

心,真是令人佩服!

八亲王有此种想法可以理解,但他不知道的是,薰的内心实际上怀有比人生仕途不顺更加本源性的不安。不可思议的是,薰探访宇治后,竟于偶然之间揭开了自己出生的秘密。

薰十分敬佩八亲王,"有时太过忙碌,多时未能登门,心中甚是思念"(《桥姬》卷)。一段时间不见,他就会想念八亲王。薰的这种心境隐含着对父亲的感情。

光源氏去世后,薰成为丧父之子,且感觉到在"父亲"这一点上存在着什么秘密。对他来说,八亲王就是一个好父亲的形象。既然如此,薰对八亲王的女儿们产生兴趣便在情理之中。不过,他开始与两位小姐交往的时候,距离他初次访问宇治,已经是事隔三年之后。

这一天,薰又来到宇治山庄,不巧的是,八亲王去拜访阿阇黎,他不在府中。而恰巧的是,薰无意间听到了两位小姐的乐器合奏。此时,音乐与香气的缠绕意味深长。此话之意暂且不表,总之,薰隔着垂帘问候小姐们。小姐和侍女都不知如何是好,慌作一团,这时,一位老侍女出面,权做应酬。

老侍女名叫弁君,乃是柏木乳母的女儿,她知道薰的出生秘密。薰感觉到这位老侍女好像知道些什么,又加之偷窥到二位小姐的美貌,薰的内心升起一种与道心不同的感受,驱使他不断前往宇治。

这期间,薰去探访匀皇子,说起住在宇治的美丽小姐们。匀皇子一听,来了兴趣,导致他后来潜入宇治。这就是薰的弱点,他无法单独行动。对于宇治的小姐们,薰此后也做了很多令他自己后悔的事情,"我那时候要是那么做就好了……",此等叹息,循环往复。

薰看上去似乎思考缜密，实则不然。只有让薰与匀皇子巧妙配合，才能把他们塑造为理想的人物形象，稍不留意，就可能使他们变成与光源氏一样缺乏现实感的人物。所谓现实，真是错综复杂，难以把握！

是否通过"性的渠道"

被薰的话激起兴致的匀皇子，在参拜初濑途中停宿宇治。薰也随他前来，与朋友们管弦为乐。匀皇子他们住在八亲王山庄的河对岸，那座属于夕雾的别墅里。音乐声越过河流，将两处连接起来。

薰早早动身前往八亲王的山庄拜访，匀皇子因为身份的关系，不便随意行动，留在别墅。不过，他让人折了花枝，写了一首和歌送给两位小姐。大家对如何处理答歌之事了无头绪之际，大小姐心思缜密，决定对这样的游戏置之不理。

八亲王预感到女儿们的运气来了，同时也感受到危险的存在，内心因此纠结痛苦，但最后他还是把女儿们的将来，托付给了他认为值得信赖的薰。薰答应了八亲王的嘱托，内心对大小姐越发爱慕。

之后，八亲王前往阿阇黎处专心念佛诵经，进山前他对女儿们千叮咛万嘱咐，叮嘱她们绝不可轻易相信男人们的花言巧语，否则还不如闭居山庄，终此一生。

八亲王这种身为父亲的态度，与明石入道比较之下，其特点便凸显出来。明石入道坚信，只有想办法让自己的女儿与光源氏结合，她才能获得幸福，所以尽管他知道这样做风险很大，仍然强行推进自己的计划。而八亲王一方面暗示薰自己愿意将女儿们许配给他；另一方面，他对女儿们说的那些话，听来却似乎对婚姻持否定态度。他内心的真正想法，大概是拒绝他人的任何侵扰，希望将父女关系永远保持下去。大小姐将父亲的这一意志铭刻在心。

八亲王在严厉地叮嘱过女儿们之后，入山修行，怎知一去便成永诀。薰照料着两位孤女，对大小姐的爱慕也与日俱增，可是大小姐拒不接受他的恋情。薰强行闯入帷屏之内，大小姐的态度依旧顽固不变。两人共度一夜，但并未发生性关系。

其中值得注意的是大小姐对薰所说："如果隔着一个帷屏，那才能更加随心所欲地谈话。"（《总角》）意思是说，不要发生男女关系，只有隔着帷屏的交往关系，才能使彼此心无隔膜。她还说，希望妹妹中君能与薰成婚，自己来做中君的娘家后盾。

尽管如此，薰依然不死心。而且，以弁君为首的侍女们也认为，如果大小姐与薰结婚，她们的生活条件必定会得到提高，因此十分期望两人成婚。对于大小姐来说，身处此番境地，想要保全自身，愈加困难。

薰拜托弁君帮忙，偷偷进入大小姐房间。与中君同睡的大小姐察觉到事情不妙，藏了起来，薰进来的时候只有中君一人正在酣睡。薰发现对方是中君，大失所望，只与她谈话直至黎明。两下相安无事，遂告别离去。

这个场面是空蝉故事的再现。当时，光源氏明知道对方不是空蝉，而是空蝉的继女轩端荻，仍然与她发生了关系；而薰对中君一夜之间未动一根手指，这是非常明显的差异。通过这个小插曲，我们清楚地看到，薰是一位追求与光源氏不同的男女关系的男性。薰一心一意爱慕大小姐，而大小姐也绝非讨厌薰。那么他们为什么不能如宇治山庄的侍女们所愿，顺利结婚呢？无论在容貌方面，还是兴趣方面，他们不都是非常般配的一对吗？

他们两人没能成婚。关键是，大小姐并不讨厌薰，甚至还相当喜欢他。只不过，大小姐想与薰连接的渠道，和薰想与大小姐连接的渠道完全不同。

对薰来说，身体的连接极为重要。当然这并不是说他只对性有兴趣，他们两人之间的对话与和歌赠答里面，都含有许多精神性的东西。但是在薰的意识里，他认为深度连接的时候，性关系是最为重要的渠道。而大小姐渴望的却是避开性渠道的深度关系，对她来说，伴随着性的关系不具有她所期望的永恒性。

她心想："倘若嫁给他，将来定受其苦。不如永久保持圣洁的友谊为好。"她认为，若以性的结合为重点，即便相爱也一定会有变心的时候，只有避开性，活在心与心的连接中，才能实现永恒。

遗憾的是，薰未能明白大小姐的心意。既然大小姐希望自己与中君结婚，薰便装作应承的样子，实则将匂皇子引入中君房中，促成匂皇子与中君的结合。薰以为事已至此，大小姐一定会答应和自己结婚。他的想法未免太过简单，此举反而招致大小姐对他的轻蔑。

匂皇子与中君喜结良缘，但是匂皇子因为身为皇子，行动多受拘束，不能自由行事。大小姐贸然断定匂皇子不可靠，忧愤之余，重病卧床。她不吃不喝，尽管薰用心照料，也难免香消玉殒的结局。

宇治作为歌枕，其地名"うし"①因为发音上的关联，而具有"忧愁"②的topos性质。这一段情节中，的确是悲惨痛苦的事情接二连三地发生。作者创造出了薰与大小姐这一对天造地设的人物，却没有打算让他们实现新型的男女关系。

另一方面，大小姐对薰的诚挚求婚秉持坚定的拒绝态度。笔者认为她的这一形象，凝聚和表达了葵上、空蝉、紫上等女性对光源

---

① 宇治，发音为"うじ"，古时し、じ不分，一律写作"し"。——译者注
② 原文为"憂し"，与"宇治"的发音写法一样，同为"うし"。——译者注

氏的反感、愤怒与憎恨。

可以说，大小姐面对男性的强迫行为，坚定地贯彻了自己的意志，但她的意志的本源却是"父亲的意志"。这一点独具特色。因此，她的意志到底有几分出自她的本意值得怀疑，而她的态度之所以令人觉得异常顽固，也是因为缺乏一种自然感。

那么，匂皇子和中君是不是一种理想的男女关系呢？他们这一对关系，不过是对一直以来反复发生的固有男女关系形态的简单复现。匂皇子将中君接到京都的二条院，中君心头欢喜。但这只不过是昙花一现，不久后，匂皇子便答应了与夕雾的女儿六小姐的婚事。中君大失所望，薰前来探望，事到如今才对她说，当年与中君成婚的本该是他自己。

时过境迁，薰却依然耿耿于怀，这是他的一大特点，而匂皇子则完全不同。匂皇子与薰可以两者一体，但是如前所述，作为现实中的人，不可能在一个人的人格中融合如此两极对立的特性。

面对任性而为的男子，紫式部借紫上之口，说出了自己的心声："如果对于悲哀之情、欢乐之趣，一概漠不关心，只管韬晦沉默，那么安得享受世间荣华之乐、慰藉人生无常之苦呢？"（《夕雾》卷）以此表达了女性的立场。紫式部把光源氏死后的故事舞台挪移到宇治，描绘了大小姐这样一个与之前的女性迥异，明确且坚定地拒绝男性求婚的女性形象，但她对此结果依然不满意。

紫式部极力要表现一个作为独立个体的女性，所以再次需要有新的女性出现。

三　致死的被动性

浮舟背负着作者的期待，最后一个出场。这部长篇物语，由浮舟拉下剧终的帷幕。作者紫式部以探索自己作为女性的生存状态为目标，描绘了如前所述众多各具魅力的女性形象之后，最终却在心中诞生了浮舟这一女性形象，此事意义重大。

如果大小姐和薰结婚，那便是顺理成章的大团圆结局。他们两人与之前的那些男男女女不同，都是谨慎持重之人。女方出身高贵而穷途落寞，男方则有着命中注定不寻常的出身、人生得意却不喜欢与异性交往。然而，结果双方相互吸引，步入婚姻。

这样的大团圆结局并不是紫式部想要的，或者说，它是作品中的人物获得自由行动的意志后的必然结果。《宇治》十卷的作者与创作前半部分物语的作者感觉殊异，几乎可以说判若两人，难怪有人认为《宇治》十卷的作者另有他人。此外，濑户内寂听以自己作为文学家的直觉，认为紫式部最终出家为尼（语出她与我的对谈）。①

这些判断均无法从历史事实的角度加以确认，但笔者推测，写完光源氏的死之后，紫式部完成了心理上的出家。正因为作者的思想认识达到了不同的水平，浮舟这一人物才得以诞生。

无胜于有之时

以最后的王牌出场的浮舟，其人物形象耐人寻味。她出身不算高贵，这在当时绝对是一大缺陷。她出场时也没有什么独有的特性，唯一的可取之处就是相貌酷似大小姐。

况且，她从小没有父亲。虽然母亲十分疼爱她，继父却对她漠不关心。依此判断，照常理，她应该是一位毫无魅力的女性。把这样一位女性作为王牌，让她压轴出场，足见紫式部为人之深邃通

---

① 濑户内寂听，《女人源氏物语》第一至第五卷，集英社文库，1992年。

透，她清楚地知道，在深层次的心灵中，有的时候"无胜于有"。

下面简单地梳理一下物语的发展脉络。话说匂皇子与夕雾的女儿六小姐成婚，婚前不情不愿的匂皇子，婚后被六小姐的美貌吸引，疏远了中君。薰前往看望中君，进到帷帐之内，躺在中君身边度过一夜。两人之间什么事情也没有发生，第二天一早，薰告辞离去。此后，薰对中君的思恋日益深切，中君却毫无呼应之意。

一天，薰对中君说，如今去探访宇治也无人可见，不如做一个大小姐样子的人偶供奉起来。中君由"人偶"一词想到她那酷似大小姐的同父异母妹妹浮舟，她对薰说，这位妹妹有一段时间音信皆无，最近来访住在自己府中，其相貌的确与大小姐相仿。

薰前往宇治探望已经出家的弁君，知道了浮舟的来龙去脉。浮舟是八亲王与近身侍女中将君所生，但他拒不承认这个女儿，后来中将君带着浮舟嫁给陆奥国的国守。再后来，继父陆奥国守任职常陆国国司，最近一家人来到京都。浮舟的母亲带着二十岁左右的浮舟，来到中君府中问候。

薰得知后心情迫切，请求弁君帮忙，说只要此人与大小姐有关系，哪怕寻遍天涯海角也要把她找到。不久，薰与当今天皇的皇女二公主成婚，并迎公主入自己府邸同居。二公主气质优雅、貌美无双，薰十分高兴，但他对大小姐的痴情仍似当年，不减半分。

薰晋升为权中纳言，兼右大将之职，位高权重，完美无缺，令人艳羡。然而他内心念念不忘大小姐，对中君亦痴心不改，整日郁郁寡欢。

某日，薰前往宇治，在那里偶遇浮舟一行人。他透过纸门上的缝隙往外偷窥，"此女子虽无可人之处，他却贪看得不忍离去，好怪癖的心理啊！"（《寄生》卷）这一句话很好地表现了薰初次看到浮舟时的心理。浮舟虽无出类拔萃之处，却非常有吸引力。

后来，左近少将向浮舟提亲，当他得知浮舟不是常陆国司的亲生女儿后，转而向国司的亲生女儿求婚。浮舟的母亲中将君大为光火，请求中君庇护浮舟，并允许浮舟住在中君府上。

然而，匂皇子一日偶然看见浮舟，恶习难改，马上与浮舟搭讪。浮舟及身边的侍女们不知所措之际，匂皇子因明石中宫生病被唤往皇宫，浮舟逃过一劫。匂皇子不假思索迅速出击的特点，在此显露无遗。

母亲中将君得知此事后，觉得浮舟处境危险，把她接到自己在三条的家里暂住。薰知道消息前来探访，与浮舟共度一夜。接着，难得薰也有如此行动迅捷的时候，他立即将浮舟带往宇治，在那里共享欢乐时日。

到此为止的故事中，浮舟怎么看都不像是一个"新女性"，一切事情要么听从母亲的安排，要么顺从事情的发展。无论是被提亲还是被退亲，她完全听凭事情的发展，至于事发当时浮舟是高兴、悲伤还是愤怒，物语没有只言片语涉及。

薰与浮舟共度春宵之后，认为浮舟过于老实、沉静，不够可靠。他想起大小姐虽然也有些孩子气的地方，但思虑周密。浮舟尽管外貌酷似大小姐，性格却与她大不相同。和大小姐始终拒绝与薰发生关系相反，浮舟对薰唯命是从。她身上"新"的那一面，要等到很久以后才会展现出来。

心有千千结

《浮舟》卷以匂皇子对浮舟的相思开篇，"自数月前一薄暮时分与浮舟偶然相见后，匂皇子便一直牵挂于心，不能将她忘记"。他对这位见过一面、搭讪过一次，却被她逃掉的女子念念不忘。因为浮舟是突然间消失的，他甚至还责问中君是不是对她做了什么。中君非常了解匂皇子的性格，他一旦见到美女，便"定然不会放过，不管她于何处都会追上去"。所以她不敢轻易泄露风声，只好装聋作哑、默不作声。

薰对此一无所知，一方面心里想着浮舟在宇治安安静静地期盼着自己；另一方面因为身份高贵不能随意行动，所以探访宇治的计划被一再推迟。这就是薰与喜欢短兵相接的匂皇子不同的地方，也正因如此，他才会掉入意想不到的陷阱。

某日，匂皇子从宇治送给中君的来信中得知浮舟的去向，他立刻采取行动，打听到浮舟与薰的关系。越是被人认为是"实在人"的人，越会做出世人想象不到的秘密事情来，他一想到此，更加心急如焚、坐立不安。

匂皇子偷偷前往宇治，拆毁一处苇垣钻入山庄偷窥，他看到里面的小姐千真万确正是自己要找的人，心想此女子之高雅美丽，与中君相仿。这一段故事中，匂皇子的行为极具攻击性。匂皇子惟妙惟肖地模仿着薰的声音，掀开帘子走进浮舟的房间。浮舟无力反抗，只能任由匂皇子肆意而为。

自己依靠中君的庇护，如今却与中君的夫君发生了这样的事，想到此，浮舟悲从中来，呜咽不止。没想到匂皇子也泪水涟涟，原来他"想起日后无法和她再会面，也悲伤起来，陪着她哭了一回"。他伤心的是自己虽移情浮舟，只怕今后再难相见。男人与女人的泪水性质完全不同。

第二天，匂皇子无论如何非要留在宇治。浮舟的侍女右近知晓事情的真相后，觉得事已至此，最重要的是不要引起任何人的怀疑，她故意做出薰在浮舟房内的样子，守护着匂皇子与浮舟两人。这里值得注意的是，对如此一意孤行亲近自己的匂皇子，浮舟与他共度一夜之后，竟被他深深吸引。

以前，她觉得薰相貌英俊无人能比，可是现在，她觉得匂皇子"俊俏潇洒更在薰大将之上"。而匂皇子也对她痴情相望，视她为绝代美人。当然，作者并没有忘记客观的描述，在描述匂皇子的想法之前，先写道：其实浮舟容貌不及中君，而比起年华正盛、美艳娇小的六小姐来，更是逊色得多。匂皇子与浮舟沉浸在两情痴痴的世界里，一天的时光飞逝而过，匂皇子恋恋不舍地返回京都。

不久之后，薰造访宇治。浮舟因为匂皇子一事心中不安，思虑纷繁。薰看在眼里，觉得浮舟更加成熟。由此可见薰的单纯可爱。薰对她说，打算在京都建一栋房子接她过去居住，浮舟却想起匂皇子来信说，他已经找好一处僻静的住宅。她一方面觉得薰才是真正可以依靠的人；另一方面又难以忘怀日前所见匂皇子的英姿，一时难下决断，连自己都觉得十分难为情。

匂皇子难抑思恋之情，又来到宇治，这次他把浮舟带去位于山庄河对岸的一栋房子。渡河时，匂皇子看到名为橘的小岛上常绿树枝叶繁茂，吟咏和歌表达爱情，说自己的心就像那绿色一般，永远不变。浮舟回赠和歌道：

佳橘常青心不变，浮舟叠浪前途暝。

"浮舟"一名即来自这首和歌，此歌表达了她心情的不安。两人在这房子里共度两天的时光，此情此景由"匂皇子与浮舟毫无顾忌地纵情欢娱"一句可见一斑。渡河返回山庄时，匂皇子抱着浮舟舍不得放手，对她说道："你所关切的那人，对你总不会如此吧！你是否真的懂得我一片诚心？"浮舟想来亦是，薰的确不会表现出这么强烈的爱意。尽管如此，浮舟依然无法完全扑进匂皇子的怀抱。

匂皇子回到京城后，对浮舟的相思之苦竟使他卧病在床。薰和匂皇子均送信来，说要将浮舟接往京都，浮舟看完信后，心中如有千千结。浮舟看了匂皇子的信，情感向他倾斜，可是她又觉得最早结下情缘的薰为人情深义重，亦难割舍。苦闷之余，浮舟随手写下这首和歌：

> 浮舟忧患居宇治，斯乡寂寥不可住。

此和歌以《古今和歌集》中如下这首世人熟知的和歌为典故：

> 吾庵城东南，日日享悠闲。却言吾忧世，隐居宇治山。①

宇治作为歌枕与"忧愁"双关，浮舟一定深深感受到这一topos所产生的效果，她的苦恼日益加深。

浮舟夹在薰与匂皇子之间左右为难，正是她过于被动、不善抗拒的秉性导致她陷入如今的窘境。可以说，浮舟虽与大小姐容貌相似，性格却恰恰相反。

大小姐对薰那般中意，却坚决拒绝与他发生性关系，纵然他已经躺在自己身边。而浮舟在与男性关系方面过于顺水推舟，也可以说她不思反省，来者不拒。一方面，浮舟与薰发生关系后，认为他是可以倚赖之人；另一方面，尽管当初与匂皇子发生性关系是受到强迫而非自愿，可是后来，她却沉浸在与匂皇子的关系中不能自拔。

---

① 此和歌的作者是喜撰法师。——译者注

决意投河

虽然浮舟夹在薰与匂皇子之间,但是三人之间并没有产生像前文描述过的那种等腰三角形的平衡关系。浮舟对两者均予以接受,缩短了彼此之间的距离,以至于没有产生平衡的余地。尤其是匂皇子一路猛攻,即便是性格沉稳的薰,其内心的执着亦不逊于匂皇子。

值得注意的是,物语完全没有描写浮舟"事情发展到这种地步,我当初真应该拒绝匂皇子"之类的想法,或者在她沉溺于匂皇子的热恋的时候,"我要想办法切断和薰的关系"这样的想法。物语也丝毫没有提到她做过任何要在两人之间做出选择的努力,或者为没有做出选择而后悔。她是一个彻底被动的人,并因此把自己逼入死亡绝境。

母亲中将君前来看望浮舟,她对最近所发生的一切全然不知。与尼姑弁君闲话家常时,中将君谈起宇治川水流湍急。侍女们也说,前几日,一个船夫的孙子划桨不慎掉入河中,一旦掉进河里绝无生还的可能。浮舟装作睡着的样子,偷听她们的谈话,心里思忖着,如果自己投河失踪了的话,不知道母亲、薰和匂皇子会怎么想。

关于投河,有一条伏线。大小姐死后,悲伤不已的薰与弁君谈话时,弁君曾吟咏过一首和歌,如下(《早蕨》卷):

> 老泪不干如川水,唯念投身随君去。残生何须苦贪恋,悲凄更添耻无极。

她说倘若投河自尽,便不必再受这与大小姐生离死别的悲痛。薰答道,自杀行为罪孽深重,灵魂将无法到达佛所在的彼岸世界。并回赠和歌曰:

泪流纵如流川水，任汝身死随娇君。
　　朝朝苦思念斯人，绵绵悲愁无绝期。

　　薰对弁君说，即使以身投水，也无法停止对故人的怀恋。薰的言行常常表现出对此世的轻视及对来世的向往，然而事到临头，却难以断然抛舍此世。
　　令人遗憾的是，笔者无法了解当时人们自杀的实际情况如何，不过，仅从以上对话也可以推测，浮舟投河自杀的决定相当不一般。
　　很快，薰明白了匀皇子与浮舟之间的事情，顿觉忍无可忍。他想到自己一直把匀皇子当作好朋友，还特地带他去宇治，亲自促成了他与中君的好事。如今自己虽然爱慕中君，但考虑到她已经是匀皇子的人，不曾越雷池半步。他思来想去，实难释怀。但是在这里，薰与匀皇子之间不用说腥风血雨的争斗，就连正面冲突都没有发生，这正是王朝时代的特色。
　　薰派人给浮舟送去一首含责备之意的和歌，表达自己的愤怒。和歌大意是：我以为你日日在期盼我，却不曾想你已变心，不要做令人耻笑之事！浮舟看到来信，不清楚薰到底对事情知道多少，无法把握回信的分寸，便在来信上批注道：此信恐系错送。这平安时代的争风吃醋，要说优雅那也真是无出其右者。
　　浮舟的侍女右近偷看了刚才的信件，感到事态严重。她与同样知晓一切的一个叫作侍从的侍女一起来到浮舟面前，向她讲起发生在自己姐姐身上的故事。
　　右近的姐姐住在常陆，她钟情于两个男人。有一次，她对后一个略多表示了好感，那前一个便嫉妒心起，不顾一切将后一个杀了，无论男方还是女方，都因此陷入不幸。讲完这个故事后，右近对浮舟提出忠告：同时与两位男性保持关系不是好事，应该尽快选定其一。

侍从则更进一步，劝浮舟选择匀皇子，但是浮舟并不能如此简单地做出抉择。然而正如侍女们所说："弄出祸事来怎生是好？"她左思右想，最后说道："如此命苦，不如死了好！"她赴死的想法更加坚定。

此处关于右近姐姐的故事值得注意。这是因为，正如我们前面所说，薰虽然对匀皇子的背叛非常生气，但并"没有发生争斗"一样，通观整个王朝物语，都没有发生过杀人事件。

平安时代是一个不可思议的时代，据说甚至没有死刑的记录。在这样的时代背景下，这里竟然描述了一个杀人事件。我认为通过这段描述，一方面可以了解平安时代还是有杀人事件发生的；另一方面则可以感受到，浮舟所面临的事态已经严重到让两位侍女担心发生同样后果的程度。

浮舟去意已决，心中翻腾起对薰、匀皇子和母亲的思绪。此时，母亲送来一封信，信中说自己做了一个有关浮舟的不吉利的梦，很是担心，叮嘱浮舟诵经祈祷，并附了各种布施物品。

尽管母亲为浮舟担忧，但因另外一个女儿产期临近，所以分身乏术。

浮舟以诀别的心情给母亲回信道：

> 他日定相逢，何须执着此生梦。①

和歌表面上是针对母亲做噩梦一事，劝说她不必担心，将来还

---

① 此句为译者试译，非自丰子恺译本。——译者注

会相见，真正的意思却是在说，"我们来世再见"，含有诀别之意。

附近的寺院接受了母亲送来的布施物品，立刻为浮舟诵经祈祷，诵经的钟声随风传来。浮舟听到钟声，吟咏道：

幽咽余钟添人愁，南柯梦断报慈亲。

她祈求母亲为自己祈祷的钟声，将自己的哭声一起带到母亲身边，告诉她自己命数已尽。浮舟决定在母亲守护的钟声里投河自尽。

浮舟的死与大小姐的死形成对照。与大小姐的"父之女"不同，浮舟是"母之女"。大小姐明明对薰怀有好感，却谨遵父亲的意志，坚决拒绝男女关系，并进而延伸为拒绝饮食而离世。

与大小姐相反，浮舟极其被动。她虽然早已明白结局必定不幸，依旧接纳了两位男性。而她对匂皇子的沉溺，绝对不可能发生在大小姐身上。

然而，不管你怎么想，如果否定了自己的"身体"，人们将无法生存。在活出"身体性"这一点上，可以说浮舟做到了极致。但是，自杀却是否定身体本身的行为。浮舟没有父亲，这一点象征着她的身体性过于缺乏父性，而这一缺陷则包含了导致她自杀行为的悖论。

浮舟采用投河自杀的方式含义深远，她当时的心情，大概就像是要回归到母亲子宫的羊水之中吧？

四 "死亡与重生"的体验

浮舟没有死。不，应该说，她死而复生。

浮舟是肩负《源氏物语》接力长跑最后一棒的女性，在进一步的探讨之前，我们先把前面的故事发展脉络做一个简单的回顾。

光源氏周围有很多位女性，她们分别以自己与光源氏的关系为自己定位。光源氏的儿子夕雾的妻子云居雁，试图与他保持一对一的关系，但是后来夕雾辜负了她的期望，落叶公主成了他的另一个妻子。

两位妻子均为此烦恼痛苦，但问题最后以夕雾分别隔日居住两位妻子处的方式获得解决。作者紫式部对这样的结局并不满意，于是，她将男性形象由一个分成两个，导入薰与匂皇子这对性格相反的人物。浮舟与这两位男性陷入难以自拔的感情旋涡，万般苦恼之余，她走上了投河自杀之路。

然而，事情在此出现反转，浮舟不仅免于死亡，而且变成一个与之前完全不同的女性。作为我们心理治疗师来说，有时候会看到那些苦恼到企图自杀或者自杀未遂的人，在实施自杀行为之后，会发生戏剧性的反转现象，使他们重新找到继续生活下去的新的人生之路。可以说这是一种象征性的"死亡与重生"的体验。

有一位在自杀未遂后发生人格巨变的女性说："如果我没有深陷死亡险境，就不可能有现在的变化。"下面我们就来看一看浮舟如何走过这一历程，又变成了怎样的女性。

通往表达自我意志之路

《蜉蝣》卷描绘了浮舟失踪，人们认为她投河自尽之后的种种情状，此处略去不谈，以下从《习字》卷描写她被救以后的情节开始。

救了浮舟的是住在比叡山的横川的僧都①。僧都带着年过80的母

---

① 僧都是僧侣官位之一，仅次于僧正。——译者注

亲和50岁上下的妹妹尼君去参拜初濑寺，归途中因母亲生病，滞留宇治。以此机缘，他发现了茫然若失、蹲在树下的浮舟。僧都制止了身边人对她是狐狸还是鬼怪的猜疑，暂且将她挪到避人耳目的僻静处躺下。

僧都的妹妹尼君得知此事，想起自己在初濑寺做过的梦，很想见见浮舟。她看到浮舟后，说道："这是我的女儿呀，是我日夜悲悼思念的女儿呀。"她以前有个女儿，但不幸去世，她认为浮舟是亡女转世复生，决定带浮舟回横川。不过横川禁止女性进入，而尼君的住所在横川附近的小野，于是便把浮舟安置在她那里。

由以上可以看出，浮舟被横川僧都所救，多亏偶然因素发挥作用。如果是一般人发现浮舟，一定会把她当作"神魔"敬而远之。但发现她的恰好是一位德行高尚的僧都，又恰好应了僧都妹妹尼君的梦境，这才终于获救。而僧都一行之所以滞留宇治，僧都和他母亲的关系起了关键作用。尼君方面，她和她的亡女之间的关系也在此发挥了极大作用。

无论是上述哪一方面，"母亲"都是一个重要因素。这与浮舟决意投河而离开住所之时，传来她母亲请僧侣为她祈祷平安消灾的诵经声形成呼应。僧都的妹妹尼君说，浮舟是"初濑寺的观音送给我的"，说明浮舟的重生超越了现实的人际关系，拥有与更深层次的联结。

浮舟一开始的时候，好像失去了记忆，经过尼君的悉心照料逐渐恢复。尼君亡女的大君叫作中将，他来探望尼君时立刻对浮舟产生兴趣，送来求爱的和歌。浮舟当然不会接受，可是以尼君为首，她身边的女性们都希望这桩好事能够成功，中将的来访越来越频繁。

浮舟心想："真是太烦人了！天下的男人都是居心不良。"她回想起匀皇子，感叹男人是多么得寸进尺！这与当初紫上得知夕雾与落叶公主的关系时曾发出"女人持身之难，苦患之多，世间无出其右了"（《夕雾》卷）的感喟异曲同工，相得益彰。

当知道女性是一人生活时，男人们就会不管是非，一味求欢。落叶公主虽然很讨厌这种事，结果还是不得不顺从了男方。但是浮舟不同，她自始至终不让中将有机会靠近自己，出家的意志更加坚定。

尼君说她要去初濑参拜。因为女儿的死，她一直非常悲伤，现在得了浮舟这个女儿的替身，十分高兴，所以要去初濑寺表示感谢，她劝浮舟与她同行。浮舟心想，自己的母亲和乳母也曾为自己去参拜初濑寺，结果毫无用处，于是拒绝了尼君的邀请。由此可见，浮舟自我意志的力量正在逐渐增强。

然而，尼君走后，庵中人烟稀少，中将乘机来访。浮舟躲到平常从未去过的老尼君（僧都的母亲）房中睡觉，却被老人家响亮的呼噜声吵得难以入眠，甚至吓得胆战心惊，简直要担心会不会被老太婆吃掉。

横川僧都在前往京都途中探访茅庵，浮舟决心已定，趁此机会恳求僧都为她剃度。僧都听了没有马上答应，对于一个看尽人间悲欢的人，这是他自然而然的反应。他说，即使发愿出家时心志坚定，但是随着时间的流逝，女人之身总是有很多变故。僧都说这话时，一定有诸多先例浮上心头吧。

但当僧都知道浮舟心志已决时，想道："真是令人难解啊，这样一个聪慧美丽的妙龄女子，居然毫不眷恋尘世生活。回想我为她禳解时驱逐的那妖魔，也声称她有弃世之心。"于是他对浮舟说，七日后他从京都回来时，再为她剃度。

僧都行事谨慎，想用拖延时日的办法，检验浮舟的心志是否会发生改变。可是浮舟想道，如果这样的话，尼君若是从初濑回来了，一定会阻止自己出家。她急得大哭，再三恳求，僧都终于点头答应。

在这里面，浮舟与僧都之间的你来我往非常重要，表现出浮舟的出家决定并非一时冲动。当然，因为出家的人很多，所以并不是所有的出家都能达到与死亡体验相当的程度。《匂皇子》一卷中，薰看到母亲三公主的尼姑打扮，心中想道："母亲虽然朝夕勤修佛法，但女人的悟力毕竟薄弱，要深通佛道，往生极乐，恐是难能之事。"

出家与勤修佛法，并不等于悟道，这大概是《源氏物语》的作者紫式部对当时出家之人的观察结果。因此很明显，她不打算使用出家即成佛的简单等式来阐述浮舟的行为。为此，有必要将浮舟坚定的出家意志表现出来。

浮舟出家之后，觉得"真是可喜，一时心情轻松了许多"，且"不再考虑人情世故，挣扎于那些恩恩怨怨之中，正是求之不得。她只觉胸怀开朗，似乎减去了若干重负"。第二天，浮舟在习字时写道：

世人均作虚无看，曾弃此身今复捐。

可以说浮舟经历了两次死亡与重生，正因为经历了这样的过程，她才最终获得可以表达自我强大意志的能力。

重生后的觉悟

浮舟在小野庵的事情传到薰的耳中，薰既高兴又半信半疑，为确认消息是否属实，他亲自前来拜访僧都。这一天，薰本想在回家途中直接去小野看望浮舟,但后来还是决定先回到京都再说。薰把浮舟同母异父的弟弟小君带在身边做侍从,于是暂且写了一封信,派他送给浮舟,僧都也写了一封介绍信,让小君同时禀送浮舟。

薰一行人点着松油火把,向京都方向迤逦而行。浮舟在小野望到此番景象,身边的尼姑们议论着"源氏大将来横川了",她甚至可以分辨出几个很熟悉的薰的随从人员的说话声。但是,这一切对于"曾弃此身今复捐"的浮舟来说,已经毫无关系了。

翌日,小君带着信件来到小野,横川僧都在信中说:大将(薰)来访,我已将实情奉告。接着,他写道:

> 据大将说:背弃深厚机缘,而侧身于田舍之中,出家为尼,反将深受诸佛谴责。贫僧闻之不胜惶恐,然而无可如何。还请不背前盟,重归旧好,借以消减迷恋之罪。一日出家,功德无量。故即使还俗,亦非徒劳,出家之功德仍属有效也。(《梦浮桥》卷)

僧都这是在劝导浮舟还俗,回到薰的身边。

关于"背弃深厚机缘"中"机缘"一词的理解,学界尚有争论,也有学者将其解释为浮舟出家的佛缘。从此信件以及物语后文的整体脉络来看,笔者认为此处的"机缘",指的应该是浮舟与薰的情缘。

薰的信件无疑是要求见面,而且来送信的使者还是自己的亲弟弟。尽管如此,浮舟依然心如止水。尼君亦有意劝她回到这段姻缘之中,浮舟却断然请她转达拒绝之意。

薰心急如焚地等候回音,听到小君的回复失望至极。他左思右想,不禁猜测:"或许另有男子把她藏匿在这小野草庵中吧?"物语在薰的疑惑中落下帷幕。

浮舟这一女性最后所到达的境界,与男性薰(尽管与其他男性相比,他已属鹤立鸡群)的境界之间,所存在的巨大差距昭然若揭,物语的结尾实在妙不可言。

那么,作为最终场所的小野这片土地,具有怎样的topos特性呢?

福岛昭治在《两个小野》中探讨了两个不同的"小野",一个是夕雾探访过的一条御息所的山庄所在之地小野,另外一个是浮舟的藏身之地尼姑庵所在的小野。详细内容敬请参照福岛的研究,此处最重要的是,后者比前者地点更加偏僻这一事实。

夕雾前往的小野反映了它靠近京都的实际特点,他在那里所见到的落叶公主,虽然做了一些抵抗,最后还是同意移居京都。而浮舟甚至连薰也拒之不理,她清楚地表明自己所居住的地方与住在京都的男性们完全不同。

福岛昭治的另一个十分重要的观点是,落叶公主所在的小野,位于延历寺东塔的根本中堂附近,浮舟所在的小野则靠近横川。福岛指出:"源信[①]作为《源氏物语》中横川僧都的原型,横川正是他的根据地。源信担心旧弊难除,舍弃了山中本来的信仰之地东塔,来到横川这个高山最北的地方,以此为根据地,弘扬净土信仰这一新教义。作者紫式部大概是对源信抱着一线希望,认为他或许可以救赎命运多舛的浮舟。然而作为女性,即便浮舟住在离救赎之地横川最近的地方,而且完成了出家仪式,此地却不是她可以安身立命之处。"

笔者认为,这是关于小野topos特性的卓越见解。

---

① 源信,平安时代中期天台宗的高僧,被尊称为惠心僧都、横川僧都。——译者注

若将本书前文所探讨的全部内容加以总结，并将《源氏物语》作为作者紫式部个性化的过程，简单地用图式表现出来的话，可以得到图19。

女性要摆脱以自己与男性的关系来定位自己是男性的母亲、妻子、娼妇还是女儿的模式，巩固自己作为独立个体的生存方式，必须经过如图所示的内在体验。而紫式部开始时，以完全被动的态度赋予体现独立个体女性形象的浮舟，在这一点上，可谓精彩至极。

本书第三章论述过，紫式部年少失母，与母亲的关联不多，同时她的能力强于男性，因此，物语中出现了很多"父之女"的形象，甚至还有像宇治大小姐这样坚决拒绝男女关系的女性形象。

开始时，我们以为浮舟的特质与大小姐相反，但实际上她却是大小姐的继承者，在最后向我们展示了她强大的意志力。不过，她并不是作为"父之女"强大起来的。要变得如此强大，必须经历向超越个人母子关系的母性世界的全面倾斜。

紫式部自身一定有过这些经历。到了创作《宇治》十卷的时候，虽然不清楚她现实中是否出家，但至少在心理层面上，她已经有了出家的体验。因此，与物语前半部分不同，她在此放弃自己的意图，任凭浮舟自主沉浮。也就是说，紫式部选择了将自身交付于无限的被动。很多人注意到，《宇治》十卷的文体与之前的文体相比，也有很大的变化，这大概也是源于上述作者在态度上的彻底改变。

浮舟随波逐流，来者不拒，在与薰和匂皇子的关系中，没有任何采取主动的想法。在思考如何为自己在男性的关系中定位之前，她只是被动地接受一切，甚至包括死亡。

重生后的浮舟，其严谨非同一般。她不依靠与薰或小君的关系，而是以诞生于自身的意志为原则，作为一个独立的个体生活下

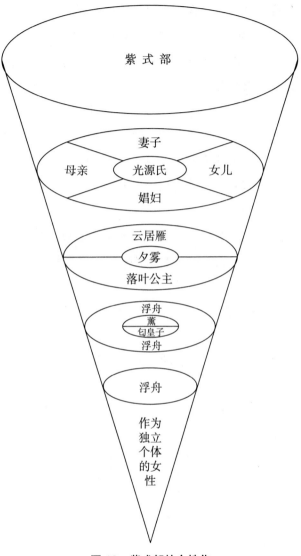

图 19　紫式部的个性化

去。此种态度，就连薰这样与当时的男性不同，从小道心深厚的人都不能理解。作为宗教人员的横川僧都，同样无法理解浮舟的心境，按照世俗角度的幸福观劝说浮舟还俗，遭到浮舟的拒绝。令人感叹怎么连横川僧都都是如此表现！

这说明，当时的状况下，浮舟虽然不得不采用了出家这一形式，但是正如福岛昭治所指出的，她并不因此可以依存于特定的宗教或宗教人员。浮舟的境界可以说是宗教性的，但浮舟醒悟到，宗教作为特定的教派有自己的组织，当男性与其发生关联时，宗教不会支持她的立场。

就像前文所述，男性英雄物语对近代人来说，"无论男女"都具有借鉴意义一样，这样的具有个体意识的女性物语对于现代人来说，也是"无论男女"均可借鉴。

紫式部浓墨重彩所描绘的"作为个体的女性"，假设遇到"作为个体的男性"，他们之间会产生怎样的关系呢？这一课题，或许不仅存在于紫式部离世千年之后的今天，还将会持续到下一个世纪。

后　记

　　本书的成书经过，我已于前言交代。尽管我本人觉得出版这本书过于鲁莽，但是想到从这个角度对《源氏物语》进行研究，应该对现代人会有用，就硬着头皮做了，接下来唯有静待读者诸君的评价。

　　当然，因为对先行研究了解得不够透彻，为了避免发生不该有的失误，如"前言"所示，我采取了一些补救措施。

　　此外，在校正阶段，特地请国际日本文化研究中心的日本文学研究专家光田和伸副教授通读此书，为我把关，以免贻笑大方。我听从了他的建议，对一部分内容做了修改。在此对光田和伸先生表示衷心的感谢。

　　当然，我无意借此逃避文责，若有问题，欢迎各位专家指出，我一定改正。敬请各位知无不言，言无不尽。

　　本书中所使用的对《源氏物语》的引用、卷名、出场人物的名字，均依据《日本古典文学全集》（小学馆），特此注明。卷末附有索引，但是，由于《源氏物语》、"光源氏"、"紫式部"这样的词出现频率过高，故未收入索引列表（该文库版的索引仅限人名。——编注）。（该书中文版未收入索引。）

　　小学馆要求我尽快完稿，不想各种公务缠身，比预定时间晚了许多，非常抱歉。不过，21世纪的到来，促使我在写作过程中对日本人的生活做了很多思考，这对本书的内容也有一定影响。从这个意义上说，时间拖得久，也不完全是件坏事，这算是我为自己的辩解吧。

对《紫曼荼罗》（出版讲谈社文库本时，书名改为《源氏物语与日本人》。——编注）这个书名，大概有人会觉得奇怪，不过对我来说，它直观地表达了我的研究方法。因为之前一般关于研究的书，都是以直线型的讨论为主干，本书则不同，它是以像"曼荼罗"一样的思考方式写就的。关于曼荼罗和曼荼罗式的思考方式，书中已有说明，恕不赘言，仅做此简单补充。

遵从我的学问体系，本书的研究理论基于卡尔·古斯塔夫·荣格的学说。而关于曼荼罗式思考方式的重要性，学者南方熊楠早在1903年就已经提出。作为日本人，我对此深以为傲，然而遗憾的是，他的观点没有引起东西方任何学者的注意。

值得欣慰的是，鹤见和子女士注意到这个问题，出版了著作《南方曼荼罗论》（八坂书房，1992年），备受关注，我也从中受益良多，本书的方法论亦在此范畴之内。

可以说，作为直接的学问传承，我遵照的是荣格的学说，同时从传承的角度，承继了南方熊楠的体系。在不知不觉中，我得到了这么多人的帮助。

正如本书的前言所述，本书出版之际，需要做各种准备工作，承蒙小学馆的前芝茂人、森冈美惠两位编辑不辞辛苦，特此深表谢意。本书承蒙多位朋友的支持才得以出版，倘若内容能有一点可取之处，笔者将不胜欣慰。

2000年4月

河合隼雄

解　说
临床心理学家的《源氏物语》解读

河合俊雄

本书的电子版尚在流通，但纸质书已经很长时间处于绝版状态，本次能够作为"物语与日本人的心灵"系列的第一本重印，实属幸事。这篇解说文或许由国文学的专家来写更好，如此我们就可以了解在国文学研究专家的眼中，河合隼雄对《源氏物语》的大胆解读，到底具有怎样的划时代意义，或者反过来说，它究竟在哪些方面还存在不足和问题。笔者与赤坂宪雄、三浦佑之等民俗学家、古代学的研究者以及临床心理学家一起，多年来共同举办《远野物语》研究会，研究成果作为《远野物语 遭遇与镇魂》一书出版（岩波书店，2014年）。开研究会时，他们从临床心理学及心理治疗的角度进行研究，有时候可以为民俗学家和古代学研究者提供崭新的视角和从未有过的解读，有时候他们则会向我们指出所犯的低级错误，或者在文献学上站不住脚的问题。我希望借此次重印的机会，得到各位国文学研究专家对本书的指正。

河合隼雄在本书开头，曾坦白交代很长一段时间没有读过《源氏物语》，而笔者同样身为临床心理学家，在写这篇解说时，可能注意不到河合隼雄在文献学上的缺陷。但是，对于临床心理学家像倾听前来咨询者的讲述一样倾听物语,将梦幻般的源氏物语世界如同倾听梦境一样来解读的地方,笔者是应该可以捕捉到的,并能够加以彰显。

一 女性物语与曼荼罗

本书第一章开头写道:"《源氏物语》不是光源氏的物语,而是紫式部这位女性的物语。"一般认为,《源氏物语》是描绘理想男性光源氏的物语,或者从荣格心理学的角度,认为它是女性作家紫式部描绘自己心中的理想男性形象的物语。但是本书作者河合隼雄指出,光源氏没有作为作品人物的存在感,不具备成为中心人物的条件。他进一步得出结论,认为这部物语的主旨,是以众多女性与同一位男性的关系,来生动地描绘存在于作者紫式部内在世界的多种多样的女性。

河合隼雄认为,紫式部的内在世界中,或者说女性的内在世界中,存在着母亲、女儿、妻子、娼妇等不同的女性,她们在物语中分别表现为桐壶、明石小姐、葵上和六条御息所。比如,在物语第一卷《桐壶》卷中,有多个具有母亲性质的女性人物登场,其中既有像大宫这样的慈母,也有像弘徽殿女御这样的戾母,而葵上则被作为妻子加以描绘。河合隼雄作为一个擅长讲故事的作者,通过逐个分析这些女性的存在状态重组《源氏物语》,可谓引人入胜。同时,他在重组物语的过程中,随时加入心理学的评论,但并没有将内容过度地进行心理学的分析,从而起到了帮助读者重新认识《源氏物语》的现代意义的作用。它相当于《源氏物语》的心理学现代语翻译,借助这样的解释,我们便可以兴趣盎然地阅读古典。

光源氏这个男性人物的出现,是为了让这些女性形成一个整体,这就是河合隼雄对光源氏的理解。他把各位女性围绕光源氏的关系配置称作曼荼罗,此看法非常耐人寻味。按照西方的思维方式,如果存在各种不同的女性形象,就必须将她们统一起来。但是曼荼罗不一样,它虽然将不同的要素配置在整体之中,却不会对它们进行彻底统合。另外,本书虽然以物语为中心,但河合隼雄的探索同时具有很强的解读构造的倾向。物语是流动的,总会沿着时间的推移发展和结束,而从中找到像曼荼罗这样稳定的构造,或许正是本书作者的特点。曼荼罗不是静止的,它是动态变化的,作者将曼荼罗的这一特征出神入化地运用在他对物语的分析中。

二　中空与女性意识

位于曼荼罗中心的光源氏没有存在感,也即中心为空,这种状态可以称为中空的曼荼罗,令人联想到作者所提出的日本神话中的"中空构造论"。河合隼雄在他的神话研究中指出,天照大御神、速须佐之男命与月读命三位主神中,月读命几乎没有出现在任何神话故事里,是一个空无的存在。日本神话里有数个体现这种三位神形成一组,其中的一位神处于无为状态的构造形式,这种中空构造与日本人的心灵构造形成对应。另外,它也是河合隼雄进行心理治疗的基本态度。在心理治疗中,他通过弱化自己的存在感,以空无的状态达到凸显对方的世界及其多样性的效果,通过无为达到打开咨询人的世界的目的。从这个意义上说,中空构造的观点得益于河合隼雄作为心理治疗师的实际经验,同时,他以此为基础,认为《源氏物语》是一部在现代依然具有现实意义的著作。

必须指出的是,西方视角与心理治疗师的视角同样重要。正因为河合隼雄努力探索日本人的心灵及物语的独特之处,他才会将西方人的心灵和物语作为自己的参照对象,进行物语与西方浪漫爱情以及西方自我的比较等。此外,河合隼雄为了深化对《源氏物语》的研究,曾经在普林斯顿大学待过一段时间,这也是不容忽视的一件事情,它使得作者的西方视角更加深刻。河合隼雄的许多优秀成果,都是在与西方相联系,充分意识到西方文化的基础上取得的,他用以获得荣格研究所资格证书的那篇论文自不必说,埃拉诺思[①]演讲集(《解析日本人的心灵》,岩波现代全书,2013年)、美国费伊心理学讲座(Fay Series Lecture)《荣格心理学与佛教》等著作也是如此。

对各种各样的女性予以描绘,并不仅仅意味着描绘实际意义上的女性。河合隼雄在《民间故事与日本人的心灵》一书中,通过将焦点对准日本民间故事中的女性形象,构建了自己的新观点。他所描绘的,与其说是实际意义上的女性,不如说是否定西方男性意识下的女性意识。所以在本书中,所谓描绘了各种各样的女性,也并不是单纯地指描写具体的女性,而是指表达女性意识的状态,或者表现女性视角中的世界。

三 作为个体的女性

正如河合隼雄所指出的,当时的贵族一般都生活在力争出人头地这一固定的物语框架之中,反而是女性们更具有精神上的自由,从而产生了像《源氏物语》这样的作品。我对此深表赞同。从这个意义上说,女性反倒拥有个人化的物语,这对现代人仍具有启发意

[①] 埃拉诺思(Eranos)会议,是以荣格的思想和学说为主导,以宗教学、神话学、深层心理学、神秘学等为主题的跨学科学术会议。——译者注

义。然而，河合隼雄还提出，《源氏物语》不仅仅描述了围绕在空洞的中心人物光源氏身边的各种各样的女性形象，而且表达了紫式部内心所产生的进一步超越这一切的个体意识等观点。

首先，作品人物"光源氏产生某种程度的自律性，开始自主行动"。在这之后，光源氏逐渐失去光芒，走向衰亡。将光源氏的变化与他所画的多张画作以及多次出现的梦境描述等联系起来，这正是心理治疗师才拥有的视角。

河合隼雄认为，物语中的朝颜拒绝接受光源氏的求爱，代表了随着光源氏作为一个独立个体，开始不受作者控制而自主行动，物语里的女性们也开始具备坚定的自我意识。

这种作为个体的女性的主题，在光源氏死后的故事《宇治》十卷中得到更加充分的展开。体现这个主题的最后一个出场人物是名叫浮舟的女子，开始的时候，她完全被动地活在薰与匂皇子之间，不想主动做出任何选择，结果因此被逼入死亡绝境。不过，她在奇迹般地获救之后，出家的意志变得十分坚定，拒绝再与男性发生任何关系。在荣格心理学中，异性形象受到重视，一般认为男女的结合代表着人格的统合。但在拒绝与男性关系的浮舟身上，河合隼雄发现了她"以诞生于自身的意志为原则，作为一个独立的个体生活下去"的傲然姿态，并得出结论："就像前文所述，男性英雄物语对近代人来说，'无论男女'都具有借鉴意义一样，这样的具有个体意识的女性物语对于现代人来说，也是'无论男女'均可借鉴。"

这种克服了被动性的姿态，既与《民间故事与日本人的心灵》一书的最后一章"发挥自我意志的女性"有异曲同工之妙，也与河合隼雄在《解析日本人的心灵》的第一章中以《稻草富翁》的故事为例，对彻底被动行为的主人公突然获得主动性的探索，是相通的。这些克服了被动性的行为主体，或许表现了日本人的心灵特点，也可能与心理疗法创造性地解决问题的方式相关。

此外，正如河合隼雄所指出的，所谓描述以空无的光源氏为中心的女性，指的并不是字面意义上的女性。与此同理，河合隼雄明确地指出，描绘具有个体意识的女性的物语，也不仅仅是属于女性的物语。物语表达的是心理学意义上的女性意识或女性主体，它与男性意识或主体有相通之处。通过如此历程而诞生的"具有个体意识的女性"，倘若遇到"具有个体意识的男性"，他们之间会产生怎样的关系呢？河合隼雄在结语中写道，这一课题"将会持续到下一个世纪"。我愿意把它当作河合隼雄留给我们的作业，用心去探索。

"物语与日本人的心灵"系列
刊行寄语

河合俊雄

岩波现代文库最早发行的河合隼雄著作集为"心理疗法"系列，其中包括《荣格心理学入门》《荣格心理学与佛教》等著作。这些著作是河合隼雄作为心理治疗学者的专业著作，选择它们作为首发无疑是非常恰当的。其后出版的"儿童与梦想"系列，与"儿童"这一河合隼雄的重要工作领域以及荣格心理学的重要概念"梦想"有关。但是，在心理疗法的研究与实践中，河合隼雄所发展出的自己独特思想的根本乃是"物语"。因此，本系列收录了他关于"物语"的重要论著：《民间传说与日本人的心灵》与《神话与日本人的心灵》。

在心理治疗中，治疗师通常会倾听咨询者讲述的故事。而河合隼雄对物语的重视远不止于此，这是因为他在心理治疗中最关注的便是个人内心的realization倾向。之所以特地使用英语realization这个词，是因为它包含了"实现"与"领悟、觉察"这两方面的意思。物语中含有故事的发展脉络，只有物语才能体现"在理解中实现"这一事实，由此可见物语的重要性非同一般。河合隼雄晚年与小川洋子有过一次对谈，其对谈题目为《活着，就是创作自己的物语》，这个题目便生动地揭示了物语的本质。

物语对于河合隼雄的人生具有重要意义。河合隼雄从小在美丽的大自然中长大，但这并不妨碍他沉迷于书的海洋，尤其是物语的世界。有意思的是，他虽然喜欢物语，却不擅长文学。在其少年至青年时代，他一味埋头于西方的物语，而"物语与日本人的心灵"这个系列所探讨的则主要是日本的物语。"二战"结束后，他将梦境分析等方式运用于心理治疗的实践，并对自身做心理分析。这一工作促使他不得不重新审视曾一度十分厌恶的日本物语与神话。后来，在日本从事心理治疗的过程中，他不断地认识到，日本物语作为存在于日本人内心深层的、最古老的文化传统因素，其地位何等重要。于是，多部关于物语的著作应运而生。

本系列中的《民间传说与日本人的心灵》，是河合隼雄在专业领域的里程碑式著作。此前，他的工作重点是致力于将西方的荣格心理学介绍到日本，1982年此书出版，标志着他独具特色的心理学体系问世。该书通过民间故事来分析日本人的心灵，荣获大佛次郎奖，确立了河合隼雄在心理学领域内外不可动摇的学术地位。

与此著作并列的《神话与日本人的心灵》，是以他为取得荣格派心理分析学者资格，于1965年用英语写作的论文为基础，经过近四十年的打磨，又增加了"中空构造论"与"水蛭子论"，于2003年时值75岁时写就。从这个意义上看，这部著作堪称河合隼雄的集大成之作。

随着对物语的关注，河合隼雄认识到中世时期，尤其是中世时期的物语对分析日本人的心灵意义重大，并开始将其纳入研究视野。《物语人生：今者昔、昔者今》这本书就包含了对《源氏物语与日本人：紫曼荼罗》以及对《宇津保物语》《落洼物语》等中世时期的物语的研究。

与之相对应,《民间传说与现代》《神话的心理学》两部著作则聚焦于物语的现代性。被列入"心理疗法"系列的著作《生与死的接点》,其第二章论述了"民间传说与现代"的主题,但因篇幅所限,有些内容被割舍。《民间传说与现代》一书即以此内容为中心,主要探讨了"片子"(半人半鬼的小孩)物语,河合隼雄认为"片子"的故事承接了前述被流放的水蛭子神的主题。故事展开的部分可以说是本书的压卷章节。而《神话的心理学》原载于《思考者》(『考える人』)杂志,连载时的题目原名为《诸神处方笺》,如题所示,它试图通过对神话的解读,来理解人的心灵。

本系列几乎囊括了河合隼雄关于物语的全部重要著作,未能收入的重要作品还有《易性:男与女》(新潮选书)、《解读日本人的心灵:梦、神话、物语的深层》(岩波现代全书)、《童话故事的智慧》(朝日新闻出版),若有需要,敬请参照阅读。

值此系列出版之际,谨向给予大力配合的出版发行机构小学馆、讲谈社、大和书房等,以及出版事务负责人猪俣久子女士、古屋信吾先生表示衷心感谢!同时,对百忙之中拨冗为各卷撰写解说的每一位作者,以及担任企划、校对的岩波书店中西泽子女士、原主编佐藤司先生表示深深的谢意!

2016 年 4 月吉日